司馬さん、みつけました。

山野博史
Yamano Hiroshi

和泉書院

装訂　森本良成

司馬さん、みつけました。／目次

司馬さん、みつけました。

産経新聞大阪版朝刊　平成28年1月24日～9月26日、全33回。
全体として加筆した。

主人公の名は電話帳から

司馬遼太郎は、直木賞受賞作『梟の城』（昭和34年9月20日・講談社）が少なくとも第4刷（35年5月30日）まで版を重ねているのに、初版のみのはずと回想してみたり（『司馬遼太郎全集32』〈昭和49年4月30日・文藝春秋〉巻末、著者談話）、『長篇時代漫画 梟の城上巻』（昭和38年5月20日・東邦図書出版社）に生前ふれることがなかったりしたのが、気にかかって久しい。

後者の構成と画は久松文雄で、「週刊少年サンデー」連載、アニメ版も大ヒットしたSF漫画「スーパージェッター」の作者だが、下巻は未完らしいから、言あげするつもりはないけれど、これらの肩すかしはなぜか。

ほうびやほめことばに接するたびに、恐縮しつつ示すことが珍しくなかった、人間司馬遼太郎特有の面映い気持に由来するものであったにちがいない。

とはいえ、「梟の城」をめぐる話題には事欠かない。埋もれたままにしておくのが惜しいお話のほこりを払って2つばかり。

「秀吉暗殺と甲賀忍法打倒の野心に燃える伊賀忍者」（東映京都作品「梟の城」封切前の宣伝チラシ）、主人公葛籠《つづら》重蔵《じゅうぞう》の命名話。

「（前略）資料が必要だから、家以外では書かない。年表、地図その他の小道具がいる。作中人物の名前に苦労する。まず地名辞典を見る。イメージに合う名前がない。電話帳をくる。直木賞を受賞した「梟の城」の主人公伊賀の地侍《じざむらい》葛籠重蔵も、大阪市の五十音別電話番号簿から生まれた（後略）」（読売新聞大阪版昭和40年12月6日付朝刊。取材記事「書く人、その時」。以下、本書全篇において、引用文中のカギカッコ表記はすべて原文のまま）

平成6年2月16日夜、第12回山片蟠桃賞（大阪府が日本文化を海外に紹介し国際理解を促進するのに業績のあった研究者とその著作を顕彰する国際文化賞。昭和57年11月発足時、司馬は賞の命名、創設に尽力、審査委員就任）贈呈式の後、大阪市北区中之島、ロイヤルホテル地下二階の「セラバー」での懇親会で午後11時半頃まで3時間余り談笑した折のこと。

前年8月、『増補改訂版 山片蟠桃賞の軌跡』（清文堂出版）刊行に微力を捧げたのが縁で、この集いに参加していたのだが、交遊がほぼ10年をこえた心安だてに乗じて、「梟の城」の人物品定めという蛮勇発揮。「使命に生きるか恋を遂げるか真の女の幸せを求めて彷徨する甲賀の女忍者」（前掲チラシ）とはいい得て妙、小萩が大のお気に入り、と打明けてみた。

司馬いわく、しんみりとした口調で、登場する女性に会釈を忘れがちで、と。いや、「思いやり」たっぷりでは、と返すと、「会釈」を軽いあいさつでなく古風な意味に解するあたり、戦後生れなのに古色を帯びていて、よろしいなあ。

さらに遠い日日を思い起すふうに。当時、親鸞の「教行信証」にこってましてね。自分だけの嗅覚でいうと、「梟の城」にはこの書のにおいがして、小萩嬢もその気分のなかにいる人だったような、との述懐。

事程さように、めくらましめく知らんぷりに出くわしたりもするけれど、残り福を信じて発掘してきた逸文や逸話を交えて、司馬庭園散策をたのしみたい。

（1月24日）

「原作者のことば」完全版

司馬遼太郎の意欲作「風の武士」（「週刊サンケイ」昭和35年3月28日～36年2月20日、48回）は、連載開始時に「禁無断上映演」と添え書きがあるが、終了時には「大映映画化決定」となっている。現に、大映の「制作準備用脚本」（執筆・伊藤大輔。昭和36年1月21日印刷）を所蔵しているが、単行本（昭和36年5月20日・講談社）の箱に付く帯にも「大映映画化」と銘打つ。

ところが、「風の武士」は、「昭和39年1月15日封切、東映京都作品、主演・大川橋蔵、監督・加藤泰、脚本・野上龍雄」（台本架蔵）として、製作、上映の運びとなる。事のいきさつは承知しないが、司馬作品ひっぱりだこの一幕といえるだろう。

ずいぶん昔になるが、あちこちの古書目録で、前掲の台本2冊、映画の大型ポスター3種、大川橋蔵後援会誌「とみい」（昭和38年12月号。表題は大川の愛称）を順次購入し、後援会誌に載る「原作者のことば」を『司馬遼太郎が考えたこと』（全15巻。新潮社。のち新潮文庫）に提供して、この作品関連の蒐集作業完了とひとりぎめしていた。

だが、油断大敵、平成25年7月末、東京のさる古書目録に「風の武士、宣伝材料2点、キャビネ43枚一括」とあるのが目にとまり、注文したところ、運よく珍品到来。横長の大小2種の宣伝チラシの両方に同じ「原作者のことば」を発見。比べてみると、「とみい」のほうが、紙幅の都合からか、末尾の一節を割愛していることが判明した。

『司馬遼太郎が考えたこと』購読者には「とみい」掲載分とあわせて二本立てとなるが、「原作者のことば」を完全版で、とくとご賞味あれ。


「『風の武士』は、直木賞作品『梟の城』と『上方武士道』に続く、ぼくの長篇第三作です。

ぼくの小説に二つの系列があるとすれば、一つは出来るだけ厳しく〝実伝〟に近づこうとするもの、もう一つは〝ロマンチシズム〟の作風に入るものであって、むろん『風の武士』は後者に属します。

『風の武士』は、いわゆる〝時代小説〟の型を外さずに書いた作品で、日本民族の源流に対する憧れ、郷愁……が、この小説の発想となっていると云えましょう。

吉川英治さんには、戦前『恋山彦』という秘境小説がありましたが、『風の武士』はもっと誇大なストウリイで、熊野の奥深く住む日本民族の源流の一つに憑かれた青年武士を主人公としております。

この青年は抽象的な幻影に憑かれたのではなく、源流民族の末裔である実在の女性に、そしてまた現に秘められた財宝に憑かれて、幕府と紀州藩との政治的葛藤の渦に巻かれてゆくのです。（以上「とみい」掲載分。以下も含め全文チラシ表記のまま）

彼が追い求めた〝永遠の女性〟は、あの〝かぐや姫〟であったかも知れません。現世の人間が憧れてやまない〝かぐや姫〟であったかも……。

その意味で、これは〝かぐや姫〟の剣戟版と云ってよいかも知れません。」


（1月31日）

竜馬と全学連の架空会見

「竜馬がゆく」（「産経新聞」大阪版夕刊昭和37年6月21日〜41年5月19日、1335回。以下、日付等すべて大阪版）は、司馬遼太郎の古巣における初の大長篇である。「作者のことば」（37年6月16日付夕刊。連載予告）、完結後の「竜馬がゆく余録」（41年5月21日付夕刊〜6月11日付夕刊、7回掲載）には、読者に向けての気遣いが明らかで、『竜馬がゆく　回天篇』（昭和41年8月1日・文藝春秋）「あとがき」や、『歴史と小説』（昭和44年8月5日・河出書房新社）に収録済のため、周知の文章に属するが、元の職場での最初の長丁場であっただけに、道すがら求めに応じて、おあいそしているにちがいない、とにらんだ。

執筆活動が盛んになるに従って、全国紙での新年のご祝儀がわりの寄稿依頼がふえ出している気配に注目し、正月松の内に焦点を絞っての探索開始となった。

産経新聞大阪本社が、浪速区湊町に移転する以前の北区梅田時代、調査部（現・知的財産管理センター）の協力を得て、マイクロフィルムで運だめししたところ、うれしい予感的中。筆の走りがなめらかになりかけたあたり、最初の2度の新春、昭和38年1月3日付朝刊、39年1月5日付夕刊で、ともに新発見が叶った。

順序が逆だが、後者の題がずばり「賀状」なので、こちらから（同じ紙面に「竜馬がゆく」550回）。

「『竜馬がゆく』についての投書をたくさんちょうだいし、いちいちご返事を出すべきところ無音に過ぎております。とくに神戸の土居晴夫氏、高知の平尾道雄氏、岡村一良氏など、多くの諸先達からご教示をうけました。紙上で御礼申しあげます。

なにしろ、物語りは竜馬が幕末の風雲期にやっとさしかかったばかりで、予定の三年半でおわるかどうか、茫然としています。いまはもう筆者は竜馬についてゆくのみで読者とともに歩いているようなかっこうです。」

前者は「英雄の嘆き―架空会見記」。執筆陣は千両役者の揃い踏み、重厚かつ清新な紙面づくりのお手本である。山岡荘八「諂道用うべからず―徳川家康」、武田泰淳「見苦し！この争い―親鸞上人」、三島由紀夫「贋作東京二十不孝―井原西鶴」、司馬遼太郎「若者よ生命賭して―坂本竜馬」の豪華4本立て。

お目当ての貴重な一文、勘所のみの抄録となるが、笑って許されたい。

「「わしは、な、諸君」と、竜馬はいった。
「全学連もええし、六本木にたむろしちょる不良どもも、ええと思うちょる。若さというもんは、所在ないもんじゃ。しかし、おなじ始末におえぬエネルギーなら、もっと利口なことに向けられぬものか」（中略）
「全学連諸君」竜馬がいう。「お前《まん》らが、わしら維新で働らいた連中とちがうところは、命が安全じゃ。命を賭けずに論議をし、集団のかげで事をはかり、つねに責任や危険を狡猾に分散させちょる。やっぱり、お前らは、武士じゃない。これはくわしくいいたいが、時間がない。もそっときさたければ高知郊外桂浜まで、足労ねがおう」（後略）」

（2月7日）

生涯一書生が語る「書斎」

「中央公論」巻頭カラーグラビア「私の書斎」（昭和41年9月号〜平成11年12月号、400回）は、同誌の読み切り連載、「豊臣家の人々」の開始と同時発進だったので、司馬遼太郎もいずれ登場するだろうと心待ちにしていたのだが、おしまいまであらわれなかった。

むろん、この種の企画を避けたわけではなく、好意的な取材協力の例はいくつもある。「金庫のような机」（「週刊公論」昭和35年11月22日号）は、34年12月以来の住まい、大阪市西区西長堀のマンモスアパートで、「三部屋続きの、以前より広い一画に移動できた」際のスナップ付き近況報告。「抽き出しがガラガラと出てきて、椅子も背中が自由自在にまがるこの事務机で仕事していると、サラリーマンの気持を忘れなくていい。僕の描くさむらいはほんとうは現代のサラリーマンなんやから」とご満悦の態。

「竜馬がゆく」連載開始後ほぼ1年経過した時分に書いた「床の間は古本の山」（「文藝

朝日」昭和38年6月号。〈マンション文士の生活と意見〉では、古本の置き場所が悩みの種だとか。

「わたしと書斎」（「別冊文藝春秋」第87号巻頭グラビア。昭和39年3月14日）併載の小文、39年3月、布施市（現・東大阪市）中小阪の旧宅に転居した少し後の公開となる「わたしの城」（「週刊朝日」昭和41年10月14日号。巻末カラーグラビア）に付く「城とは無縁」の2編は、『司馬遼太郎が考えたこと』（新潮文庫）にて乞うご一読。

小特集「……そして司馬遼太郎もゆく」（「アサヒグラフ」昭和43年1月19日号）の「カラー表紙・書斎の司馬遼太郎氏」、「人とその作品・司馬遼太郎」（「朝日ソノラマ」昭和43年2月号。自作朗読『殉死』と『竜馬がゆく』より、ソノシート付）掲載の書斎でのスナップでは、働き盛りの頃の風姿が鮮明である。

しかし、文字通り「私の書斎」と銘打つ企画での登場は、「ブッククラブ情報」第3号（昭和45年12月1日・全日本ブッククラブ）巻頭グラビアが唯一のはず。一緒に載る「穴倉の感じでありたくない」は、身辺雑記は苦手が口ぐせだったにしては率直で、珍重に値する。清朗な「生涯一書生」の基本姿勢ここにあり、といいたくなる。

「私の家は、友人の神野章という建築家が設計してくれてもう十年経つ。かれの設計についてなんの不足もないが、書斎だけは私の主観とわずかに適わなかった。

普通、書斎という概念にはそこにすわれば心気鎮まって陰々（?）たる思索の姿勢に入れるというものらしく、友人もそのために光線のやわらかい北窓に机を置き、柱も書棚も茶色にした。が、私の主観ではできるだけ穴倉の感じでありたくないため、机を南の開口部に置き、書棚に白ペンキを塗り、机も四角でなく雲形の不整形なものを自分で設計し、その材も、肌色のあかるい桜を用いた。このほうが、頭の衛生によさそうだとおもったのである。」

（2月14日）

「同学福田定一」の心映え

司馬遼太郎が蒙古語を専攻した母校大阪外国語学校（現・大阪大学外国語学部）でめぐりあった旧師や学友にふれた文章には、仰げば尊しわが師の恩、友を選ばば外語生の心意気がみなぎっているので、さわやかな読後感に満たされる。

「敦煌学の先人―石浜（注・純太郎）文庫開設にちなんで上下」（「毎日新聞」大阪版昭和54年4月16日、18日付夕刊）、「モンゴル語の生ける辞書―棈松《あべまつ》（注・源一）先生を悼む」（同紙大阪版平成5年2月20日付夕刊。東京版3月4日付夕刊、3箇所加筆訂正）など、単行本収録済の麗品に加えるべく、愛校心の発露をたずねると、「後悔」（同窓会広島支部機関誌「扉」創立45周年特別記念号・昭和42年11月1日）、「つたなき五官」（同窓会「咲耶《さくや》会」機関誌「咲耶」第16号・平成2年10月30日）に行きつき、「四海への知的興奮」（昭和62年10月以降配付の「大阪外国語大学入学者用大学案内」巻頭）に気づいたのも、ついていた。

幸い既刊本に提供が可能となったものの、これで打ちどめにできないのがわるいくせ。大阪府箕面市の校内にある「咲耶会」事務局の助けを借りて、逸文探し続行の結果、佳品ひとつが姿を見せた。

「悪魔と異国語」（「扉」創刊号・昭和36年1月25日）である。

「日本人は明治以来、英語に対してほとんど悪魔的な努力をかさねてきた。その成果は自明である。」

だが、「私は薄情者だから、日本人はさらに悪魔的な努力をつづけよ、といいたい」と皮肉っぽく述べたのち、おのれの勉学体験に基づき、「おなじ語族の中での別系統の言葉をまなぶことは、自国語の生理について、非常にたすけになる。語学をまなぶことは、幾何をまなぶのとちがった意味で頭の訓練になるということが本当なら、異種語族をまなぶよりも、たとえば蒙古語をまなぶことは、くらべものにならないほどの深い訓練を、自分の頭のなかにさずけてくれる」と強調し、「私はいまでも、ときどき頭のなかで蒙古語を思いうかべ、自分の日本語と対比してひそやかな楽しみを味わっている。同語族内の言葉をまなんだ者のみがもつふしぎな楽しみのひとつである」と、この巻頭随筆を閉じるにいたる。その胸中に去来するのは、外語生活で得たあまたの恩恵への感謝の念であったにちがいない。

肩の荷を降ろしかけた平成27年4月、名古屋市内の古書店で「外語文学」第2号（昭和41年5月15日・外語文学会）に遭遇したのは、特大の幸運というほかない。

外語時代に初めて出あったタイプの旧友昔語りで、題して「もののはじめ」。猫を食することがあると話すのをきき仰天させられた、奥州の牧場《まきば》育ちの若者は「気が弱く、律儀で、あどけなすぎた」。そして、「人間として薄手な、志操も繊弱げで、表情も磯魚のようにひらひらと動く」都会育ちのひ弱さを「豪傑風に仕立てたい」とのたうつ大阪の街っ子。好対照の2種類の「壮士」を活写していて、微苦笑を禁じえない。

話題は一転、宮崎県人と福井県人の遊廓好きふたり連れが、出征前の記念にと「一種悲痛な友情」をもって、しつこく勧誘。福田定一少年、心はちぢに乱れつつも、気乗りせず、何事もないまま、戦時下のやるせない青春回顧は終る。

これらの文章を読めば、「作家司馬遼太郎」としてでなく、こみあげる懐かしさをかみしめながら、本名の「同学福田定一」としての心映えを支えとする執筆であった、と察知されるであろう。

（2月21日）

たった一度の交通事故

昭和45年7月14日午後3時5分ごろ、散歩の帰路、東大阪市中小阪の大阪府道堺・布施・豊中線を横断しようとした司馬遼太郎が、中小阪の旧宅付近でライトバンに接触、転倒し、約1週間の軽傷を負ったという話、ご存じであろうか。

主要全国紙の15日付朝刊は、目立たない三面記事ながら、大阪版、東京版とも一斉に報じた。それがどうした、と問われるまでもなく、旧聞に属するのでいまさらめくが、珍資料2種を援用しつつ、そのあらましを振り返ってみたい。

意外や意外、「今週の特選ミニスクープ！」に取りあげたのが、「週刊平凡」(昭和45年7月30日号)。

見出しで「作家司馬遼太郎さんが交通事故！『女房と散歩したのがまずかった』」とうたい、たいそうな入れこみよう。てんやわんやの大さわぎのなか奮闘したみどり夫人の談話を載せているのはお手柄である。

報道に接した見舞客が、司馬家に殺到。自宅前に社旗をひるがえした新聞社の車がズラリと勢ぞろい、とリードふうに始めたあと。

「ほんとうにお恥ずかしい。たいしたケガじゃないんですよ。本人も照れちゃって、どなたともお目にかかりたくないそうです。わたしが救急車を呼んだのがいけなかったんですね。新聞に書かれちゃって……」とみどり夫人は困惑気味。

後年のおそろい外出とは異なり、「わたしといっしょに散歩することは、ほとんどありませんから、あのときも、〝ひとりで歩いてたら、あんなカッコわるい事故なんかにあわへんかったのに〟って、わたしに文句をいうんですよ」とうっぷんばらしをしたらしい。

「こんどのケガで、天下晴れて休養が取れたわ。小説を書かんでエエ時間がきたんで、うれしいわ」といい放ったと伝えて、記事をしめくくっているが、こんなつよがりが通るわけもない程、仕事がたてこんでいたのは周知の事実。「坂の上の雲」と「花神」を同時連載していた時期と重なるのだから、傷が浅く大事にいたらなくて、めでたしめでたし、であった。

もう1つは、この事故に関する知友宛あいさつ状。司馬が亡くなって数年後、みどり夫人の許しを得て、茨木市の「富士正晴記念館」で司馬の富士宛書簡46通の複写が叶った折の1枚。大切に保存していた富士に深謝しなければならない。

折り目正しい印刷はがきだが、おのれのみっともなさをおかしみにくるもうとする遊び心が垣間見え、ほほえみ返しをしたくなる。

「妙な怪我をしてしまって、御慰めや御励ましを頂いて、恐縮に存じております。おかげさまで傷もよくなり、ややムチウチ類似の不快感はとれませんが、それもおいおい薄らいでゆくようであります。

ぶつかった車の写真をみますと、左側面の鉄板がすこしへこんでいて、なるほど自分も物体として相当なものであるわいと、感心したりしました。

本当にありがとうございました。

（2月29日）

右、感謝のごあいさつまで」（消印判読不可能だが、その上方に富士の昭和45年9月2日受信の覚書がある）

上方喜劇への関心と共感

『司馬遼太郎短篇全集』（全12巻。文藝春秋）の内、特に初期作品を収める巻をひもとくだけでも、司馬の上方喜劇へのただならぬ関心と共感がうかがわれ、心がはずんでくる。往時の単行本未収録随筆（大半は古書目録での戦利品）にその片鱗をさぐってみる。

貧に徹して億万長者に成りあがった下司安《げすやす》の悲喜こもごもの人情噺「十日の菊」（「小説倶楽部」昭和34年10月号）が、「下司安の恋」（脚色・館直志。2世渋谷天外の筆名）と題して松竹新喜劇で初演。公演パンフレット（昭和36年2月1日、編集・中座宣伝係）に、「大阪自慢」を寄せ、道頓堀の芝居の中心、松竹新喜劇びいきを一筆書き。「松竹新喜劇東京進出10周年記念公演パンフレット」（昭和40年7月1日、編集発行・新橋演舞場）では、下司安こそ「大阪庶民の一つの典型」と、「大阪的警句家」（これのみ既刊本に収録済）に記す。

〝「下司安の恋」より〟とうたう、「恋をするより得をしろ」(昭和36年7月24日封切、日活作品、主演・小沢昭一、監督・春原政久)も忘れたくない。

大阪丼池の名物商人ガタ政のド根性物語「丼池界隈」(「面白倶楽部」昭和32年9月号)が、「丼池かいわい」(脚色・館直志)として上演された際のパンフレット(昭和37年1月2日、編集・中座宣伝係)には、「丼池界隈」を執筆、その戦後の様変わりを素描。

司馬本人のスナップが入る「随筆ぐらふぃっく 船場《せんば》よいとこ」(「主婦の友」昭和36年9月号)の活気にふれるのもおすすめ。

極めつきのパンフレット掲載文は、「天外さんのこと」(昭和38年6月1日、編集・中座宣伝係)。天外劇の核心をつく鉄案をさらりと。

「(前略)おれは人間どもをこう見るのだ、という性根のすわった解釈があってこそ喜劇は成りたつし、それ以外に喜劇はない。

天外の芝居には、それが濃厚にある。だからこそ、あごがはずれるほど、笑ってしまう。フランスの片田舎で、ブドウ作りをしている老農夫が、はじめてパリへ出てきて、さる名優の喜劇をみた。おわってから老農夫は楽屋へとびこみ、その俳優の体を懸命になで、

——お前には人生がある。

といったという。

きっとそんなむずかしい言葉でいったのではなく、そのオッサンは、

―わいとおンなじやがな。いっぺん、わいの話をきいてんか。

とでもいったのであろう。

天外や、その劇団のよきメンバーの芝居をみていると、おもわず舞台へかけあがって、

―おっさん、わいとおンなじやがな。

と、抱きつきたくなるような芝居が、いくつもある。

しっかりやってンか。」（傍点は原文のまま）

司馬の上方喜劇へのさらなる後押しを知りたくて、東京築地、演劇・映画が専門の「松竹大谷図書館」に赴くと、まだあった。

芦屋雁之助と小雁兄弟が旗あげした「喜劇座」公演パンフレット（昭和40年6月4日、編集・朝日座宣伝部）によると、「風流仇討ばなし」（脚本・土井行夫）上演。〝難波村の仇討より〟と添えるが、「仇討勘定」（「小説倶楽部」昭和34年5月号）の改題作。とことん大阪ふう合理主義の仇討物である。

「劇団結成1周年記念公演パンフレット」（昭和40年11月1日、編集・南座宣伝部）での演

目は、「大阪侍」（脚色・土井行夫、演出・永六輔）。「京都と雁之助さん」が載り、司馬宅来訪時、京都人雁之助と交した京都と大阪の客筋のちがいをめぐるやりとりを点描して、あざやか。

「大阪侍」には別に、劇団文芸座公演パンフレット（昭和34年10月、編集・脇孝之、脚色・酒井酉《みのる》、演出・斎藤豊吉）があり、司馬は「共和国の人情」を書き、封建時代がなかった大阪という都会の奇妙さを説く。

たぶんこれでおしまい。実にまめまめしい、と驚きの眼で見つめるしかない。

（3月6日）

隣国の友を敬愛する証し

『現代日本　朝日人物事典』（平成2年12月10日・朝日新聞社）の執筆者欄に司馬遼太郎の名を見出したとき、この種の仕事を引き受けるのは珍しいので、奇異の感にうたれた。

担当項目索引がないので見当をつけながら本文1800ページ余を難儀して調べるほかなかった。その結果、歴史家姜在彦《カンジェオン》（購入後すぐに見つけたので、『司馬遼太郎が考えたこと』に提供済）と鄭詔文《チョンジョムン》（1918・11・2〜89・2・23）の在日朝鮮人2名のみ執筆と判明。2度びっくりだが、司馬の存念に思いをひそめると、感慨深いものがある。後者の項の全文をひく。

「高麗美術館理事長。朝鮮慶尚北道生まれ。生年月日は旧暦で9月29日。1925（大14）年ごろ一家をあげて京都に移住。丁稚奉公。9歳か10歳で楽只《らくし》小学校に。就学3カ年は極楽だったという。戦後は闇屋、パチンコ屋、焼肉屋など。得たカネの多くを自ら意義ありと思うことに注ぎつづけた。兄貴文（86年没）とともに京都で『日本のなかの朝鮮文化』を創刊。69年から81年、第50号まで発行した。88年、京都で財団法人高麗美術館をひらき初代理事長。館長林屋辰三郎。前掲の雑誌創刊前後から多くの日本の友人を得、その友情のなかで充実した晩年を送った。信念の人ながら性寛濶。そこにいるだけで一座を明るくした。」

　鄭《チヨン》貴《キ》文《ムン》、2歳下の鄭詔文兄弟と司馬遼太郎との間で交された、たぐいまれな敬愛と友情の証しを走書き承知で、披露したい。

　兄と司馬は近所の散歩仲間。弟刊行の遺稿集『日本の中の朝鮮民芸美』（昭和62年3月29日・朝鮮文化社）に、司馬は「人間として―近所の友」を捧げている。

　昭和63年10月25日、弟は京都市北区の自宅を改築し、朝鮮美術・工藝を専門とする国内唯一の施設を公開、その4カ月後に死去。

「開館記念図録」に、司馬は「高麗美術館によせて」を贈ったが、先の兄への追悼文との感興をそそる併読は既刊本で、と念じてやまない。

　同館報「高麗美術館」（昭和64年1月1日創刊。平成28年1月1日現在、103号。題字は司馬の筆になるが「高」のみ俗字使用）創刊号は、開館記念祝賀会（昭和63年10月25日）に届いた司馬（理事就任）の「メッセージ」を掲載する。

「突然のやむなき所用のため、ご開催の華やぎに接することができません。さまざまに良き事を想像しつつ。司馬遼太郎」

館報2号（平成元年4月1日）では、鄭詔文への真情あふれる哀惜の辞を載せる。長文書簡全体の前半分の引用で恐れ入るが、切に味読を乞う。

「鄭詔文理事長は、愛のゆたかな人でありました。朝鮮への愛も、そのあらわれでした。祖国や民族への愛は、ときに、政治によって阻まれたりしますが、突きぬけて地底の文化にまで達しますと、なにものもそれを邪魔だてすることができなくなります。氏の高麗美術館への思い入れは、一にこのことにあったのでしょう。

しかし、文化にまで達するのは、よほどの知性と感覚と不断の陶冶が必要なのです。鄭さんでこそできたということは、あります。ときに鄭さんでさえ、それらの不足を愛でおぎなってきました。愛は偉大です。

この場合の愛は、自己愛でなく、他者への愛です。自分の民族と祖国、そして日常のまわりのひとびとへの愛のことですが、それほどの愛を、だれもがもっているわけではありません。

愛はときに、身をそこなうものでもあります。それについても平気でいようという勇気が、こういう美術館を保つ上で必要なのです。（後略）―一九八九・三・五日付事務局あての私信より―」

（3月13日）

健筆支えた独自の健康法

司馬遼太郎の晩年、自身の仕事ぶりについて、ナマケモノなので毎日少しずつ書いてきたのです、とつぶやきがちに語るのを直接聞いたことが何度かある。

しかし、働き盛りのころには、「連載ものは週刊誌が三本、新聞が二本、月刊誌が一本、ほかに中短編が二百八十枚、計七百枚以上というのが昨年十一月の作品量」（「新・人國記―大阪府」〈「朝日新聞」大阪版昭和39年4月19日付夕刊〉）であった。

「燃えよ剣」、「新選組血風録」、「尻啖え孫市」、「国盗り物語」、「功名が辻」など、豪華同時連載の時期と重なる。

そのものすごさに圧倒されるだけでなく、一愛読者として、この作家の健康維持管理はどうなっているのかしらん、と案じずにはいられなかった。

この関心事から探索に意を用い、入手に成功した逸文中、腕まくりして、とっておきの肉声発見、と豪語したくなるくらいの大珍品全文の快読へご案内。

食味月刊誌「あまカラ」130号（昭和37年6月5日・甘辛社）付録「長寿の知恵(1)」。タブロイド判3ページ分、「保健のための食事法」への諸名家68名の回答にまじる一文。

「べつに健康法というものはありませんが、女房が以前から豊中市の「青汁協同組合」というところから青汁をとりよせてのんでいますので、小生もときどきのみます。いたって無病息災ですので、青汁がどう効いたという実感がありません。ただ、兵隊のころからビタミン剤だけはのんでいます。頑丈なくせに疲労しやすい体質だと自分でおもっているからです。

仕事のいそがしいときにはひるめしをぬき、そのかわり仕事をしながらミルクセーキをのみます。濃い牛乳一合に生卵二ツを入れてかきまわしただけのものです。

そのほか、なし。そうだ、ゴハンは一日一ゼンぐらいしかたべません。自分で意識してそうしたわけではありませんが、友人の医者にきくと、これは健康法だそうです。」

あの健筆を支えたのが、独自のやり方とはいえ、簡明な健康法だったので、妙に納得してしまいそう。

後年、50歳に達した時分、「日本の一〇〇人　主治医は誰か」（「文藝春秋」昭和48年8月号）のアンケートに回答。自宅近くの医師をあげ、そのわけを周到無比な返事に記す。

「どうしようもなく、人間をいたわってしまうというふうに体じゅうが医者であることでできあがっている人です。学問や経験にあわせてより以上に才能だと思いますが、そういうものを感じます。開業医と病院の機能的関係をよく心得た人です。エコノミックなんとかという匂いがまったくないため、気色のすがすがしさがあり、こういうことも開業医として大事なことではないでしょうか」

とかなんとかおっしゃりながら、人間ドックや定期検査など、おっくうなのか敬遠しがちであったらしい。なんともはや、適当なことばがみあたらない。

（3月20日）

最初の著作は義侠心から

司馬遼太郎が本名で書下した唯一最初の著作、『名言随筆サラリーマン』（昭和30年9月25日・六月社）の成り立ちと移り変りについて、狭い知見ながら、整理しておきたい。

全集未収録だからか、「幻の」と形容されるのが常だが、版元が大阪市内にあり、著者福田定一と司馬が同一人物と知れ渡っていなかったのも幸いしたらしく、この新書判、大阪の街中の古書店で珍本とみなされず、雑本扱いされるままだったから、古本屋めぐり大好き小僧が掘出すのにさして苦労しなかった。

初版、再版（昭和30年10月5日）、3版（31年1月25日）、4版（32年11月15日）がいつしか揃った。

前書と本文全46章。「古今のすぐれた人生者の英智と体験の結晶ともいうべき金言名句をもってそれぞれの章の柱」にしたと著者はいう。四角ばらずに丸みをおびた筆の動きはのびやかでなめらか。随所で痛快まるかじり、記者生活の哀歓をふまえ、ええかっこしいを戒め、現場感覚みなぎる小気味よい明察を駆使して余すところがない。

司馬の文運隆盛のかげで本書もひっそりと生命力を発揮。『サラリーマンの金言』（昭和40年12月20日。架蔵本は45年3月20日発行第6刷）と改題、奥付の前に著者紹介と本書出版歴を初掲載。同題の文進堂版（昭和46年。未見。国立国会図書館蔵書による）のみ、最終章「あるサラリーマン記者—著者の略歴—」を割愛。お色直し本、『ビジネスエリートの新論語』（昭和47年3月20日新装普及版・六月社書房）もあるが、以後、久しく絶版。

脚光をあびるのは、司馬歿後。「週刊文春」（平成8年4月11日号）は、時節柄、新入社員向け記事にふさわしい名文句に適切な解説を加え、励ましにかえる。巻末近くの「二人の老サラリーマン」再録企画も登場（「文藝春秋ゴールド・バージョン」平成17年5月号ビジネス臨時増刊）。

「プレジデント・司馬遼太郎がゆく」（平成9年3月臨時増刊号）では5章、同誌4月号と12月号では各8章、計21章分抜粋収録。

司馬自身が明した本書誕生秘話をごらんに入れ、おひらきとしたい。

昭和58年11月18日、司馬と初対面の夜。当日昼間、大阪古書業界の催物に司馬がゲスト参加。下働きしたおかげで懇親会に同席が叶った。幹事役の古書店のあるじが、酔余の一興に、客の問合せが多いので、件の作品を復刊しては、とのたもうたものだから、大変。

その場の一同、反応やいかに、とかたずをのんでいたところ、司馬大人《うし》、少しも騒がず、淡淡とした語り口で述懐談をひとくさり。

「富士正晴さんの紹介でやってきた、しにせ出版社をやめて新たに大阪で出版社を興したいという2人の編集者のために義侠心で書いたのです。テーマも編集者の意向にそって書きました。

昭和50年頃、東京の親しい編集者からの改めて本にしたいという申し出も断りました。書きたいから書いたものではなく、義によって書いただけのものなので、小生の本として再度世に出すことは一切考えていません。今後もそうです。」

（3月28日）

田中清右衛門と馬の話

事の発端は、歴史家萩原延壽との濃密な初対談、「維新の人間像」（『歴史と小説』昭和44年8月5日・河出書房新社）のなかで、鳥羽伏見の戦いをめぐる司馬の異彩を放つ発言に接したことにある。

「当時の宮中の動きというものはおもしろいですね。ほとんど大久保が宮中にいるんですが、御公卿さんはほとんど近よらなかった。そこで田中清右衛門という薩摩の人間―ステファン・ツバイク流に言うと歴史にいちどだけ登場してくる名前の男―が、馬に乗って鳥羽方面から入ってきて、鳥羽・伏見における戦況は薩長の勝ちと一報を報じたのが、宮中の状勢を一変させたということがあったんですね。」

司馬ふう落穂拾いに見えたので、どこかで筆を染めているはずとにらんだ。

当時の執筆活動の特徴とにらめっこしつつ、これに先立つころの正月のご祝儀原稿に的を定め探索に精を出すうち、「読売新聞」大阪版昭和41年（丙午《ひのえうま》歳）1月5日付朝刊文化欄に「清右衛門の馬」なる随想を発見したのは、10年近く前のこと。

一読三嘆、400字詰原稿用紙5枚の分量だが、一箇の短篇とよぶにふさわしい傑作で、絵にも描けない面白さに感服した。

出し惜しみするつもりはないけれど、臨場感あふれるハイライトのみを。

大久保利通が、「開戦前に同藩の田中清右衛門をよび、藩邸で飼っていた馬一頭をあたえ、戦況速報の役を委任した。

馬は老齢だったために清右衛門が心配し

「この馬、走れるか」

と大久保にきくと

「伏見から京まで三里余。三里余だけはともかくも走れ。そのあと馬が死んでもよいではないか」と大久保はいった。事実、三里余を走るだけでこの馬がはたすであろうもっとも巨大な歴史役割りがおわるのである。清右衛門は勇躍出発し、戦線を観察した。」

慶応4年（明治元年）陰暦1月3日中に勝敗はつかず、4日夜明けと共に戦闘再開、午前8時現在、なお決着を見ない。ところが。

「田中清右衛門は
（やや、薩長が押し気味か）

と判断した。ただそれだけでかれは馬を駆って戦線を離れた。伏見街道を駆けつづけに駆け、ようやく京の市街に入り、東山妙法院あたりまできたとき、馬の歩度がおとろえ、ひどくあえぎはじめた。

それでもなお駆けつづけ、まず薩摩藩邸に報じ、ついで御所の門をくぐった。午前十時であった。清右衛門は小御所のきざはしの下まですすみ
「鳥羽・伏見の戦い、わがほうの大勝利」

とよばわった。

前日から一睡もせずただひたすらにこの一瞬を待ちつづけていた大久保は、晩年も
―あれほどうれしかったことはない。

と語っているが、生色のよみがえる思いであったろう。

こうなれば公卿などは露骨なもので、前夜来一人も寄りつかなかったくせに、つぎつぎに大久保のもとにやってきては祝いをのべた。

岩倉はこの人心の一転をすかさず利用し、薩長を官軍とすることに朝廷をなっとくせし

め、同時に朝命を仁和寺宮嘉彰親王にくだし征討将軍に任じた。徳川軍は賊軍になった。」

筆のおさめ方も絶妙。

「この劇的な役目を果たした田中清右衛門の乗馬については、その後どうなったか知らない。当の田中清右衛門は東北転戦中、白河で戦死している。」

かねてから架蔵する小冊子『戊辰役五十年祭典名簿』（大正6年11月・鹿児島佐々木龍勢堂印行）に清右衛門と遺族名が載るのを見るたびに、この司馬悠筆の再読願望が抑えられなくなる。

（4月4日）

大事を語る『殉死』余話

5年前の春休み中の話。未整理のままほうってあった『とっておきの話㈤――「日本記者クラブ会報」から』（平成16年11月・日本記者クラブ）を一読した。すると、元産経新聞記者、平野光男「〝社会面に文化あふれる記事を〟」に、昭和43年当時、「銅像との対話―明治100年を考える」に結実する連載企画を推進、三島由紀夫に西郷隆盛、司馬遼太郎に乃木希典など、第一線で活躍する文筆家（11名）への執筆依頼に成功したという趣旨の記述に出くわし、ひどく興奮した。

どうしてめあての文章を探しあてたらよいのか。

『三島由紀夫全集42』（平成17年8月30日・新潮社。年譜・書誌の巻）の「作品目録」参照、昭和43年4月23日付夕刊に「西郷隆盛」寄稿を確認。その余勢を駆って調査続行、大阪版6月18日付夕刊で司馬の「乃木希典」掲載を突きとめた。

司馬遼太郎ひとすじの探索では活路を見出せない場合が結構あるので、こういうからめ手からの変則技の活用も時には必要となる。

『殉死』（昭和42年11月5日・文藝春秋）を上梓したのち7カ月余。この問題作には「あとがき」がないから、湯気が立つ創作余話として、黄金色に輝く逸品といってさしつかえない。

「私は年々、日本人というものに関心がつよくなってゆく。その一典型として乃木さんのことを考え、それについて『殉死』（文藝春秋刊）という小説をかいた。乃木希典というのは一個の完璧《かんぺき》な魂であるということを書いたつもりであるが、しかし当の乃木さんにとって耳ざわりのいいことを書いたわけではない。それだけに、ぬけぬけと銅像に対面するのは気のひけることだし、この稿も気がおもい。」

この珍宝の全文紹介を断念し、抜書きに止めるのは残念であるけれど、精選してのお届けを心がけたつもり。

先の文章につづき、日本人の好みについて言及。源頼朝と義経、大久保利通と西郷、児玉源太郎と乃木、彼らの個性を比較検討してあぶり出し、後者をひいきにする傾きがあると指摘したあと、真情を吐露。

「そのあたりが、日露戦争後の日本人の素敵さであり、ばかばかしさであり、竹槍をもってB29を突こうとした奇想天外の精神の出どころであり、日本が敗戦で日清、日露の収穫をことごとくうしなってしまった問題のそもそもの出どころでもあり、勝海舟、坂本竜馬、徳川慶喜などが、これがわしらと同じ日本人かとびっくり仰天するであろうところであり、織田信長や豊臣秀吉などもともどもに『とうていつきあいきれない』とおもうであろう「日露戦後の日本人」というものである。」

大事を語る筆勢は鋭く脈うち、結びにつながる。

「むろん、乃木さんそのひとにはなんの罪もなく、それどころか個人としての完成度の高さはほとんど宝石の結晶に比すべきものがある。では、わるいのはたれか。

そんなことは、わが乃木希典の知ったことではあるまい。」

（4月10日）

揺るがなかった鑑識眼

司馬遼太郎は人さまの文業をどう評価したのか。その鑑識眼が問われる仕事の概要をまとめておきたい。煩を避け、原則として選考委員や審査委員といった肩書を明記しない。以下、2つの例を除き、選評等すべて既刊本に提供済。

手始めは「講談倶楽部賞」（16回・昭36～19回・昭37）、少しのち「小説現代新人賞」（8回・昭42～12回・昭44。両誌とも講談社）。

ことばに命を吹込み、その人にしか書けない主題で人間と人生に心をこめて迫っているか、が着眼点。

同時期の「オール讀物新人賞」（24回・昭39～27回・昭40、文藝春秋）の選評4篇は、うかつにも提供しそびれたままだが、ここでも懸賞小説じみた作品を嫌い、小手先料理でない小説を読むたのしみを要望。

選者歴の本領は「直木三十五賞」（62回・昭45〜82回・昭55。選評は79回・昭53まで。80〜82回は選考委員として「オール讀物」誌上に名を連ねるが、選考会欠席、選評なし）。司馬の最初の選評「悪い時期」の不吉な予感通り、その間「該当作なし」が10回を数える。

印象深いのは、昭和47年3月に早世したSF作家、広瀬正の作品を3度推したこと。受賞は成就せずとも、「ふしぎな世界を構築した天才」（『広瀬正・小説全集2』〈昭和52年4月15日・河出書房新社〉解説。）で重ねて愛惜の辞を捧げる。

藤沢周平の練達の筆力を認めながらも、受賞作「暗殺の年輪」（第69回・昭48）は「ただ端正につくった上手物《じょうてもの》の焼物という感じだが、ともかくも膚質のきれいさがすてがたい」（選評の表題は「必ずしも優れぬが」）と含みのあるいいまわし。実作者としてではなく、ひらの読者の立場からの率直批評の試みは揺るがなかった。

後年は、既成の文人へのごほうび進呈に寄与。

「大佛次郎賞」（8回・昭56〜16回・平元、朝日新聞社。第15回・昭63、司馬の最終小説『韃靼疾風録』受賞）

「日本文学大賞」（14回・昭57、新潮社。第16回・昭59、新設の学芸部門賞、自ら『街道をゆく（二十二）南蛮のみちI』受賞。19回・昭62まで）。「新潮学芸賞」（前掲賞改称。1回・昭63

〜7回・平6）。新潮社関連の会合では、初見参の安部公房と馬が合い、歓談のひとときを共有したと伝え聞く。

晩年には、父祖の地、姫路ゆかりの「和辻哲郎文化賞（一般部門）」（1回・平元〜8回・平8）、大阪ならではの「山片蟠桃賞」（1回・昭58〜14回・平8）。

提供もれがもう1つ。

「全国高等学校作文選手権」と銘打つ「文《ぶん》の甲子園」（1回・平4〜2回・平5）の選評（「候補作を読んで」）2篇（両年とも「文藝春秋」4月号）。前者の「次回のために」では、「作文の言語はなによりも平易」がよく、「魅力的でなければならない」し、「言語は本性として魅力そのものなのである。人は胎児のときから母親の言語を聞き、出生してやがて言語に意味のあることを知ったとき、記憶にこそないが、身をふるわせてよろこんだはずである」。けれども、「正直でないために退屈になる」言語が氾濫していると指摘したうえで、「正直な言語には勇気と鍛錬が要る。ユーモアもそこからうまれる」とつづけて、鼓舞。後者の「レベルが高い」でも、「作文は、思考力、構成力、それに表現力を養います。選者として思わぬめっけものは、それにユーモアが加わっている場合でした」（傍点は原文のまま）と語り、「魅力ある言語をもつということは、個人にとっても、その個人が属する文明にとっても、最初の条件であり、最後の条件でもあります」と、ためらいがない。
切実なまでのことばへの愛着。司馬遼太郎は、大切なことはいくたびもくり返し書いて
倦まなかった。

（4月24日）

酒にまつわる珍談と染筆

司馬遼太郎の初期の好随筆「わかって下さい　酒を飲む苦しみを…」（「COOK〈クック〉」昭和36年6月号・千趣会）は、既刊本に提供済とはいえ、現物入手に手間取ったため、また、司馬の酒とのつきあいを物語る数少ない自作軽妙談ゆえ、偏愛している。

見習士官として満州の連隊に赴任の夜、歓待を受け酔いつぶされ、兵営への帰路、雪中、軍刀紛失の大失態。酒の苦しさを初体験。

男の大半を占めるはずの純粋下戸より多少飲める「エセ下戸」のほうが酒のつらさはずっと痛切と激白。

「酒」（酒之友社）は昭和33年以来、毎年新年特別号で「文壇酒徒番附」を別冊附録にするのが恒例であったが（昭和37年と43年の2冊架蔵）、司馬は自身が前頭の位置づけと知っていたらしく、この一文中、「おれは、酒徒かしら」とけげんそうな口ぶり。

最も手ごわい上戸は他ならぬ奥方で、満州でのしくじりまでからかわれて面目丸つぶれ、表題の叫びとなって、一巻の終り。

司馬には、これにまさる酒にまつわる珍談奇談は皆無と決めつけてはならじと根気よく心当りを探したところ、文壇事情通の文藝評論家山本容朗（1930〜2013）が、『ここだけの話』（昭和59年4月16日・潮文庫。潮出版社既刊『ここだけの話』と『文壇百話』の再編集版）に収める「伝説抄　司馬遼太郎」において、こんなこぼれ話を採録しているのにめぐりあった。

ある時、奈良漬けでもうなる程の下戸の今東光と、それよりちょっとまし位な酒の司馬に連れられて大阪キタの酒場へ。レモン・ジュースの今とうすいウイスキーの水割りに口をつけても減らない司馬。どちらも一杯だけ。なのに、ご両人たっぷり3時間しゃべりっぱなしにあきれたマダムのセリフは、「レモン・ジュースとうすい水割りじゃ、勘定のつけようがありませんわ。」

酔眼をさましてからの感想か、締めがおしゃれ。

「飲まない、飲ませない、色気もないという三ない主義で、ただしゃべっているだけで、酒場でイヤがられずに、三時間もいる客を、私は知らない。そういう目撃者である私も、あまり話が面白すぎて、酒を飲むのを忘れていたのである。ホントの話です。

しかし、今さんも、司馬さんも、酒飲みが嫌いではないようである。」

こじつけめくが、さればこそ、酒がかもし出す孤高の境地に遊ぶかのようにして、所蔵する掛軸、李白「月《げっ》下《か》独《どく》酌《しゃく》 四《し》首《しゅ》其《そ》の一《いち》」（五言古詩）の冒頭3行も揮毫したのではあるまいか。筆を運んだ事情は定かでないが、「花間（注・閒が正字）一壺酒　獨酌無相親　擧杯邀明月」（「花に囲まれて一壺の酒。独り手酌して、ともに飲む者はいない。杯を挙げて月を呼び招き」。川合康三編訳『新編中国名詩選（中）』平成27年2月17日・岩波文庫）、麗筆である。

司馬遼太郎の淡いけれどあか抜けした酒とのせめぎあい、口あたり、舌ざわり、喉ごし、あと味、いずれもおつなものではないか。

（5月1日）

「好きな女性」を問われて

「太陽　特集・日本のおんな」（昭和40年1月号）のアンケート「好きな女性　美しい女性」は、1好きな歴史上の女性、2現代著名人の内、a好きな女性b美しい女性、3美人論をほんの1行、の3問。

司馬遼太郎の答えは、おきまりの照れかくし、はぐらかしがありあり。

「1すぐには思いうかびません」、「2女性特有のナルシシズムの抑制のきく人」、「3純客観的美人というのは理論的に存在するのでしょうか。美人とはそのときの自分の感じだという以外に返答の方法がありません」（この種の小品は軽視されがちで、むろん逸文）。

「1いま、とっさに与謝野晶子さんしかでてきません」、「2aシモーヌ・ド・ボーヴォアール（フランスの作家）bあまりたくさんありますので、とても」、「3目鼻だちは美しくなくてもなにか「美しい感じ」を備えているひと」、と気まじめなのが、大正12年3月の早生れで学年は1つ上だが、司馬と同い年、生粋のなにわ女、随筆家岡部伊都子。

ご両所は、数年後、「小説のなかの女性」と題する対談（「新刊ニュース」137号・昭和43年1月1日号）で同席。司馬は、対談や座談会の席に着くのをいとわない文士だったが、単行本未収録の談話記録は少なくなく、これもその1つ。

年来の知己ゆえの心安だてても手伝ってか、互いの戦争体験、死生観、戦後の世態人情の変化をめぐる清談がなごやかに進む。

冒頭で、岡部が小説執筆に際して日本の女の人をどう思うかと尋ねると、司馬は歴史小説を書いていて資料のなかから感じるのは、必ずしもぼくらが概念としてとらえている封建女性ではない、つまり女大学風でない闊達さをもった、割合自由な人が多い、と述べ、司馬風味の具体例を2つ。「竜馬がゆく」の坂本竜馬の姉乙女、そして「豊臣家の人々」の秀吉の妻北ノ政所（ねね）。彼女たちの純で賢明な生命力や先見力を話しことばでくっきりと。

「坂本乙女という人は、竜馬の三つ上のお姉さんで、剣術ができて馬術ができて、諸芸万能のひとのようですね。このひとが、何がきらいというと、お針とお炊事なんです。それがきらいだということを恥じてないんですね。そんなもの女の人がやらんならんということはないんだと。たとえば槍が好きなら槍をやったらいいと。それが封建時代の、しかも武家のお嬢さんで、別に自由民権運動と時代的に関係ないわけなんです。それで家じゅうの抵抗を受けてない。彼女は二十三ぐらいの時に嫁入りするんですが、その亭主が浮気するんです。それが許せないっていうことだけでなく、自分をも裁くんですね。「わたしもだいたい女房に向いてない、だからこのあたりで解消しましょう」と言って、荷物は置いて坂本家へ帰ってくる。その後も婚家の岡上家と坂本家が普通どうりに交際がありましてね、彼女の婚家に置いてきた子供二人はどんどん坂本家へ出入りするわけですから、非常にさわやかな別れ方です。ちょっと封建時代のケースから離れております。概念でものをみると、やはりいけませんですね。」

「秀吉の女房おねねさんという人は、非常に才女だと思うんですよ。なぜかというと、女の人が政治むきのことに、特に主人の仕事に口を出してはいけないということになっていますね。ところがいくらでも口出しするんです、特に人事問題に。だいたい秀吉が相談しちゃう、彼女のセンスを非常にたよっている感じなんです。特に秀吉の晩年じゃなくて、長浜あたりで初めて大名になったころ、おおぜいの家来を召しかかえなきゃいけないんで、いろんな人事問題が起こる。そのころから天下を取るまでの間の非常によきパートナーですね。彼女が「こうすりゃいいんじゃないか」と言うと、存外と当たったりする。」
司馬遼太郎の折折の寸言のひそみにならい、女性は人類永遠の謎、と突拍子もないつぶやきで幕を下すおそまつを笑わば笑え、です。

（5月8日）

古き良き友との筆くらべ

昭和35年3月17日午後5時から司馬遼太郎直木賞受賞祝賀会が大阪国際ホテルで開催。今東光と藤沢桓夫が発起人代表で、「そんなもんテレくさいよってせんといて」と固辞しつづけてきたらしいが、「やはりきまりはつけんとあかん」と周囲の声が大きかったようである（「週刊公論」同年3月22日号）。4月18日午後6時から、東京赤坂のホテル・ニュージャパンでも開催。発起人は川口松太郎、源氏鶏太、今東光。吉川英治、海音寺潮五郎、井上靖ら約200人が集う盛会ぶりで、こんな逸話が残る。

「司馬氏を紹介した寺内大吉氏が「故人は…」とつい本職（大吉寺住職）の口グセを出したのに満場は爆笑、これを聞いた吉川英治氏は「寺内君は見事に故人にしてしまったがじつに縁起のいいことで、作家司馬君がきょうから生まれかわることになるでしょう」と乾杯の音頭をとりながらも後輩作家に激励のことばを送っていた。」（「産経新聞」大阪版同年

4月25日付朝刊）。

司馬の2歳年長の寺内大吉（本名・成田有恒《ゆうこう》）は、彼らの同人文藝雑誌「近代説話」第5号（同年7月15日）掲載「はぐれ念仏」で第44回直木賞を司馬の1年後、受賞している。冒頭引用の発言はご愛嬌としても、微苦笑、大爆笑はたまた、立腹、憤慨を誘うなんだかんだがあったはずだが、阿久悠作詞の名曲「時代おくれ」（作曲・森田公一、歌・河島英五。昭和61年4月21日発売）の一節を借りるならば、「昔の友にはやさしくて、変らぬ友と信じ込み」、ともに終生、交遊往来をたのしんであきることがなかった。

その一端を伝える愉快で珍妙な逸文2篇にご招待。

先攻は寺内の「馬の足」（「浪花のれん」第32号・昭和38年1月1日・産報）。

ある時、司馬と交したこども時代の食べ物談義。「ぼくが「馬の足」の話をはじめたとき、司馬は腹をかかえて笑い出した。

「おまえそんなもの本気で食ったのか」

「本ものの馬の足じゃないぞ。お菓子の足だぞ」

お菓子でもおかしいと司馬は笑いころげるのである。」

外面は栗毛色、中味は黄色、馬の足そっくり、ろくな味がしない妙な菓子。競走馬の容姿を眺めると、いまでもあの足を丸かじりしてみたい食欲が湧く。「だから関東人は野蛮で下司だ、とつねづね司馬遼太郎はぼくを軽侮する。」

後攻は司馬の「馬の足・補足」（第34号・同年3月1日）。軍隊生活の終盤、昭和20年3月の東京大空襲直後、公用で群馬から初の上京。上野の戦災孤児に弁当とシャツを譲り、第一印象は最悪だった。寺内流「馬の足」懐旧談には、「とたんにかつての上野の印象と重なりあい、―お前ら、馬の足まで食ったのか。

と驚いてしまったのである。」

とはいえ、関東の野蛮大好きを公言しつつ、以後の仕事の展開を予想させるに十分な真剣さでしめくくる。

「私は、ここ数年、関東の風土にひどく興味をもっていて、むしろその興味をつねに新鮮にしておくために、大阪定住の気持をすてない。」


（5月16日）

自作映像化で泣き笑い

映画好きを物語る司馬遼太郎の活字のなかの肉声にこんなのがある。アンケート「最近おもしろかった映画」への回答、「「椿三十郎」「ナバロンの要塞」うまく理屈はいえませんが、とにかくおもしろうございました」(「シナリオ」昭和37年2月号)。

この逸文からも明らかなように、おやじさんが大の活動写真ファンだったのも関係してか、根っからの映画ファンを自認していた司馬が、自作映画化に関して著しく気分を害する事件にぶつかったことがある。

「怒る原作者 司馬遼太郎氏」とうたう「報知新聞」(昭和42年6月25日付朝刊)掲載記事のあらましを。

東宝が創立35周年記念作品として製作発表していた加山雄三主演「竜馬がゆく」(監督・堀川弘通)は同月24日、司馬が「映画化を許可しない」と発言、製作中止となるのがほぼ確実となった。映画化権契約が昨年4月に切れたままなのに、東宝が一方的に製作公表、その後も音沙汰なしに司馬が硬化。東宝以外の映画各社にも権利を譲らないと言明。

両者の言い分の公平取材は当然ながら、東宝の文芸部長の歯切れのわるい弁明にひきかえ、司馬の正直な談話が光る。

「契約切れ前後に東宝さんからは電話も手紙も訪問も、まったくなかった。私としてはかなり気持が落ちつかないし、もうこういうわずらわしさにかかわり合いたくない心境だ。映画会社という組織は、何か人間ばなれしたことをするようですね。だから、こんご東宝にかぎらず、どこの映画会社とも映画化について、交渉を持ちたくない。こんどの映画化について出版元（文藝春秋社）のかかりの人にまかせて具体的なことをあまり知らなかった私にも責任のいったんはあったと思うが…。」

ただし、この件とは別に先に決定済であったのだが、翌年、司馬は「竜馬がゆく」のNHKテレビ大河ドラマとしての放映を認めている（昭和43年1月7日～12月29日、全52話）。

こちらにも異変があり、第16回（4月21日放送）から演出陣に辻元一郎、和田勉両ディレクターの複数制を初採用、と報じる「報知新聞」（昭和43年2月24日付朝刊）は、「もう一息迫力を」と小見出しの付く司馬談話を記事にそえている。

「原作者は放送には口だししない、という主義なのでとやかくいうのはさしひかえたい。ただ、ヤジウマの立場としていわせてもらえば、もう一息演出に迫力がほしいと思っていたところだ。竜馬も成長しておとなになる大切なときだし、和田君が加わってドラマも成長していくことと期待します。」

司馬遼太郎は、人の世の営みにおける疎漏《そろう》な無作法を好まなかっただけで、ふんまんやるかたない不始末に直面したからといって、このころより前も後も、自作映像化一切お断りをきめこんでいたわけではない。

具体例は割愛するほかないが、現にある証拠に照すとき、誠実に対応し、全面協力を惜しまなかった。

（5月29日）

海音寺作品評の最終便

司馬遼太郎が畏敬する先輩文士海音寺湖五郎頌辞は細大もらさず調べきったつもりでいたのはあさはかで、まさかの逸文1篇にたどりつくの巻、始まり始まり。

昭和46年6月17日、日米両国政府は沖縄返還協定に調印、47年5月15日、発効したが、この緊張感みなぎる交渉過程の渦中で、海音寺が悠然たる円熟の運筆によって完成したのが『鷲の歌』（「朝日新聞」夕刊昭和43年5月20日〜44年4月19日、281回。44年4月25日・朝日新聞社）である。

「幕末動乱の頃すでに沖縄の人々は祖国日本への思慕に燃えていた〝大ヤマトの島へ翔り行け　美しい鷲よ…〟あらゆる圧迫のかげに歌いつづけられた「鷲の歌」──琉球王国をゆさぶった凄惨な大疑獄事件を中心に　郷土色豊かなその南の島の悲願をうたいあげた海音寺文学の異色作!!」（初版本の帯のうたい文句）

沖縄に関するきなくさい難題が浮上するたびに本書味読をならわしとするが、5年前、朝日新聞縮刷版を参照、この作品上梓当時の話題再確認を試みたところ著者の「『鷲の歌』を終って」(同紙44年4月24日付夕刊)が3月26日深夜と日付のある単行本あとがきに基づくのを知ったのち、翌月分にも念のため当ってみると、司馬の『鷲の歌』書評(同紙44年5月24日付朝刊「第二部読書特集」)発見の珍事に遭遇。

「(前略)幕末の沖縄が、舞台である。

二百数十年、薩摩藩の属邦として沖縄はむごいしぼられかたをした。一方では中国に属し、それに朝貢し、中国からは、薩摩藩からとはおよそ逆な処遇—寛大な保護とゆたかなみつぎもののお返し—をうけてきた。当然ながら官吏のなかに親中派と親薩派ができた。幕末、その両派が相克した。

この小説は、その相克が話のタテ糸になっている。(中略)この小説の主人公たちは、日本からそれほど搾取をうけつつも、同種結合という、いわば非合理な、しかしそれだけに人間的な希求にむかっていたましいほどの努力をする。その同種結合の利害や理屈をこえた沖縄人の祈念のようなものが、この小説の主題である。」

開明君主島津斉彬の急死により、この政治劇は親中派の日本帰属派弾圧で閉幕という史実を押さえ、篤実な筆法が結びに集中する。

「この悲劇を、作者は赤人という陽気でたくましい（たとえば万葉人のような）漁夫を活躍させることによって暗さから救い、たえずサンゴ礁に照る太陽のエネルギーを行間に感じさせつつ話をすすめている。この点、悲劇でありながらあと味はそう快であり最後の一行に、つぎのあたらしい開幕を読者に想像させるなにかを読者にあたえてくれる。作者の祈りが、そうさせているのかもしれない。」

最後の1行は、「この歌があるのだ。この歌のあるかぎり、この心の伝わって行くかぎり、いつか必ず、いつか必ず……」。司馬の異例の新聞紙上書評、こまぎれ引用であいそなしだが、これで読んだ気にならずに『鷲の歌』の一読を乞う。


（6月5日）

「あとがき」を愛すべし

肥前佐賀の風雲児、江藤新平の生涯を活写した『歳月』（昭和44年11月24日・講談社）は、「小説現代」（42年12月号）連載予告では「青銹《あおさ》びた城下」が表題、連載時は「英雄たちの神話」（43年1月号〜44年11月号、23回）、初刊本で「歳月」に改題、第2刷（45年1月10日）に初めて「あとがき」（44年12月の日付）が入ったという経緯について、連載から発刊にかけての時期に気づいていた人はそう多くないはずである。

このあとがき、講談社文庫版（昭和46年7月1日。新装版上下・平成17年2月15日）には付かずじまいであるが、既刊本に収録済なので、いまは容易に読める。レーニン、トロツキー、スターリンの内部闘争、大久保利通と江藤新平の個性対比に言及するなど、同時代感覚みなぎる内容に眼をみはったものだ。大学生を中心とする青年たちが狼藉者呼ばわりされていたご時世をにらみすえ、深く想うところがあって、追書きせずにはいられなかったようである。

全日本ブッククラブ版（昭和46年6月1日。「あとがき」収録）刊行にあわせて、機関誌「ブッククラブ情報」第3号（同年5月1日）に寄せた「『歳月』について」はもう1つのあとがきともいうべき逸文。

「この作品は、権力というものがいかに変なぐあいなものであるかということを江藤新平という人物において考えてみたのだが、最初からそういう主題を明快に考えつつ書いたというよりも、書きながら書き手である私自身がそういうぐあいに気づいてきた。

私は、どうも権力というものが気になって仕様がない。といってナマ身の私自身が権力が好きだったり、権力者が好きだったりするわけではなく、どちらかといえばそういう連中――政界だけでなく――に接すると体中に粟つぶができるほどきらいだし、自分自身そういう場所からずいぶん遠い所にいるつもりでいる。しかしながら私の小説の世界の風景は、およそそうではないというのはどういうわけなのか（後略）」とさりげない自作解説のふりをしつつも程よい打明け話を披露し、読者におまけ獲得気分を満喫させる工夫が、司馬語法の妙味なのだ。

司馬作品のあとがきをおろそかにすべからず、と肝に銘じていながら、単行本未提供分が数種あり、と白状せざるをえない。

『馬上少年過ぐ』(昭和53年11月27日・新潮文庫)「文庫版のために」(同年10月の日付。力作なり)、『「明治」という国家［下］』(平成6年1月30日・NHKブックス)「あらたな『あとがき』」、『対談集　東と西』(平成7年4月1日・朝日文芸文庫)「文庫版へのあとがき」(同年2月の日付)、『対談集　九つの問答』(同年7月1日・朝日新聞社)「あとがき」、の計4篇である。

最後に私事ながら、架蔵色紙に墨書された卓見に静かな鼓舞を得て久しい。

「男というのは大なり小なり藏六のようなものだ　なま身としての藏六の人生はじつに淡い　『花神』あとがき　司馬遼太郎」

(6月12日)

Fu氏の書評一本勝負

平成21年9月中旬であったと記憶する。多年お世話さまの「富士正晴参考文献（付・富士正晴略年譜）」（平成6年3月30日・富士正晴記念館）を念入りに点検したところ、昭和31年富士作品評の項に、「Fu（福田定一）」『贋・久坂葉子伝』産業経済新聞4・11（注・朝刊）を発見。

完全な見落し。記念館に即日急行、当時の学藝顧問安光奎祐の親切な手助けで複写が叶う。きわどい技あり達成でひそかに快哉を叫ぶ。富士正晴独得の肉太の筆跡で司馬遼太郎の本名「福田定一」と添書きを忘れない。

昭和27年の大晦日、21歳で阪急六甲駅にて列車に飛び込み自殺した小説家、久坂葉子は富士に師事したが、その短い生涯を筆勢自在に描ききった長篇小説が『贋・久坂葉子伝』（昭和31年3月10日・筑摩書房）。

文化部次長（同年2月就任）が自社紙面において本名イニシャルで本格書評を執筆するなんて、これ1回のはず。力仕事のあらましをご一緒に。

「作家はだれでも生涯のうち生命を償いにしても書かねばならぬ主題を一つは持っている。ついに書かずに終る場合もあろうし、それを悪い条件下に書いて凡作に終る場合もある。しかし精神の高揚期に、一念をこめて書かれた場合、不滅なものをその人の作品史、もしくは文学史上に遺すものだ。詩人富士正晴の「贋・久坂葉子伝」は、そうした場で論ぜらるべきものである。久坂葉子という異常な体質と異常な経歴をもち、そして異常な死をとげた美少女の名は、世間の多くはすでに記憶の中にない。しかし作者は執ように忘れなかった。久坂葉子は芥川賞候補になった数年後謎の死をとげている。彼女が地上から消えて三年は経つ。作者はその後、主人公の生前、きらきらと放射した生命の白光を執念ぶかく追って、ついにそれを執念の活字にした。（中略）こうして久坂葉子のふしぎな振舞を追いつづけるうちに、人間存在への作者の深い悲しみに触れる。それも、やたらと深刻ぶるものでなく深刻を突きこえた虚無の哄笑、関西人特有の虚無感、死にやがって、ほんまにあほらしやないか、といった、悲しみとも笑いともつかぬ一種のケイレンが巻中を脈打つ。（後略）」

長い引用でお茶をにごすつもりはないので、おまけ話をもう一服どうぞ。司馬遼太郎は富士正晴の死の翌日、「真如の人」(「読売新聞」大阪版昭和62年7月16日付夕刊)で哀悼の辞を述べたが、末尾近くに「かれは、いかなる葬儀にも行ったことがなかった」と記す。だが。

平成27年5月27日に長逝した仏文学者杉本秀太郎は「思いちがい」と題する随筆(『火用心』平成20年5月1日・編集工房ノア)の最後のほうで「そんなことはない」、桑原武夫の次女の葬儀、吉川幸次郎の本葬、「いずれにも私は連れ立って行ったし、それぞれの葬儀に触れた富士さんご当人の文章もあるのに、これはどうしたことか。」

尊敬しあう筆まめ文士の往還にも思込み、思違いはあるのだから、万事、きちんと、ちゃんと調べつくさないといけませんね。

(6月19日)

わんぱく時代を追憶すれば

考古学好き少年であった司馬遼太郎は、長ずるに及んでその関心を深め、『日本の古代』全15巻別巻1巻（昭和60年11月20日～63年10月25日・中央公論社）の監修者の1人として力をつくしたが、この全集の編集者の1人である考古学者森浩一（1928～2013）との晴朗な交際を享受した。

森最晩年の著書、『森浩一の考古交友録』（平成25年4月30日・朝日新聞出版）に収める「司馬遼太郎さん—古代の人へ温かいまなざし」には、両者の談論風発ぶりをよく伝える述懐があり、一読、感にたえない。

「富山市の日本海シンポジウムにもう一度司馬さんに特別講演をお願いした（平成元年）。その夜も酒場に行ってから、司馬さんの部屋で深夜まで話した。僕は少し酒がまわっていた。

司馬さんに〝たくさん作品はあるけれども、一つ選ぶとしたらどれですか〟と尋ねた。司馬さんは腕組みをして三分ほどじっと考えたあと〝森さん、二つ選ばして。『燃えよ剣』と『空海の風景』です〟。」

実際、『司馬遼太郎全集』第1回配本第6巻（昭和46年9月30日・文藝春秋）が「燃えよ剣」であったのは、司馬のこの作品への愛着ゆえであったろうし、森の回顧談に触発されたりもして、同じ年の夏休み、不揃いだけれど、本棚の上に積み重ねたままの「燃えよ剣」（昭和37年11月19日〜39年3月9日、68回）が載る「週刊文春」のほこりを払って再読を試みた。連載完結時のあとさきの分が多めだったのが一大幸運を招くとは。とんでもない珍記事が姿をあらわしたのである。

「燃えよ剣」最終回の2週あと、39年3月23日号巻末グラビアに、「フォトクイズ私を探して下さい―思い出のアルバムから―第83回司馬遼太郎さん」とは、これいかに。何と長いかくれんぼ遊びであったことよ。

「上の写真は、前々号まで本誌に時代小説「燃えよ剣」を連載されていた、作家の司馬遼太郎さんが、大阪難波の塩草小学校を卒業するときの記念撮影です。

このなかから司馬さんを探して下さい。」

39年4月13日号「クイズの解答」では、「私を探して下さい 第八十三回の司馬遼太郎さんは②が正解でした」と記し、当選者発表。

同時掲載の「あの頃の思い出」は、真率なことばでつづられていて、何ともいえぬおかしみをたたえる。

「大阪の難波塩草小学校での卒業写真である。一人だけ笑っているなど、どうみても薄気味のわるい小せがれである。いまなお自己嫌悪に駆られる。

成績がわるいうえに、いたずらが度をはずれていた。喧嘩は弱かったが、毎日たれかとやって、ナマキズのたえまがなかった。この写真も、喧嘩の直後に撮ったものだ。負けたがその口惜しさを見られるのがいやで、むりに笑いをうかべている図である。いまみてもわれながら薄気味わるい。少年のころの写真はすべて戦災でなくなったから、友人がかかわって編集部へ提出してくれた。」

この種の文章と古い写真公表は、働き盛りの当時、類をみないのではないか。

（6月26日）

作品としてのとむらいの辞

読売テレビ日曜午後9時54分～10時放映「心に刻む風景」は、味のある視角と取材が好ましい。

毎回熱心にみているわけではないけれど、平成28年5月29日、偶然チャンネルをあわせると、運よく司馬遼太郎ゆかりのシリーズらしく、京都先斗町の酒舗「ますだ」が登場、興趣はいやました。

司馬直筆の二曲屛風とも対面できた。「1983年11月27日夜、京都先斗町ますだで、元毎日新聞社副社長、藤平信秀の退社祝い(?)「これから、藤平、どうする会」が開かれた。藤平の兵隊友だち、司馬遼太郎夫妻はじめ、瀬戸内寂聴、秋野不矩、奈良本辰也、下村良之介、依田義賢、八尋不二、山添治、森谷剋久、北野栄三ら各氏が相集い、元副社長をサカナにオダをあげた。宴半ば、興に乗って、やおら司馬さんは部屋の隅にあった白い二曲屛風に、並みいる面々の名を織り込んで何やら殴り書きをする。その心は藤平に対する一座の激励のようであるが、その場に居合わせなかった人物の名前も入っているようだし、いまいち判然としない。藤平はその後、寂聴尼の仏縁を得、比叡山で得度、出家している（藤平寂信氏寄稿）」（「司馬遼太郎展―19世紀の青春群像―」図録46ページ、カラー写真説明。平成10年、編集発行・産経新聞大阪本社）。

「ますだ」といえば、おかみの「増田好《たか》」。昭和56年11月15日永眠、享年66。テレビ画面に見入っているうちに、『がたがた言ふな』（昭和57年10月3日・「おたかさんを偲ぶ文集」編集委員会）なる追悼文集の架蔵を想い出した。この表題はおたかさんの口癖の1つ。「客の背中をパンパンと叩き、よく飲みよく笑った」（桂米朝「たぬき祭」）おたかさんをこよなく愛したご常連の寄稿の多彩と温雅、無地の箱入り、あかぬけした装訂と造本に感服して、大切に本箱の奥にしまっていたため、あやうく失念するところ。開巻第一に司馬の「清水寺・霊前での「弔辞」」が載るのも忘却の彼方であった。何たるそこつ者。400字詰原稿用紙4枚半近い熱誠の鎮魂譜に讃嘆の声をあげるほかない。

「（前略）酒を飲みにゆくというのは、人間に触れにゆくということでしょう。人の世は、友人知己といっても、互いにいそがしく、つねに、いつでも、思ったときに会えるというものではありません。

その点、飲み屋のおかみは、いつでも、そこへさえゆけば、われわれにとって、会える人なのです。

よろず、友人にしたいという人柄というものは、ざらにあるものではありません。あるとすれば、この世には、おわすはずのない仏様か、その御眷族《けんぞく》ぐらいのものでしょう。生身の人間で、そういう人柄というものが、この広い日本で、何人いるでしょうか。

おたかさんは、そういう人でした。

画家のように、おたかはんは「ますだ」という画廊で、何十年、出ずっぱりの人間の個展をひらきつづけていたような人でした。

人間は、結局、人間が恋しいのです。「ますだ」へ行って、おたかはんに接すると、おたかはんの格調と光のなかで、自分までが、光ってくるような気がしてきて、そういううれしい目に遭いたいがために、私どもは、木屋町から入る露路を何度か間違えつつも、「ますだ」にたどりつくといったぐあいでした。

おたかはんは、現役のままで、人の世に居ることの幕を閉じました。

仏教でいいますと、生死は、宇宙の大きな本質の中の一現象にすぎません。私どもが、生きているという仮の姿の中から、大きな本質の中に入ってしまったおたかはんに、おこがましくも語りかけているだけのことです。ですから、すこしも淋しくはありません。大きな本質を思うとき、いつもそこにおたかはんがいるからです。

ただ、ひとこと、ごあいさつを申さねばなりません。

「おたかはん、永いあいだ、ごくろうさんでした」。」

まごころこもった葬送のことばを贈られて、おたかさん、もって冥すべし、であったにちがいない。

（7月4日）

文士もグラビアも華やいで

司馬遼太郎の壮年期、雑誌や週刊誌のグラビアに登場するたびに感心したものである。写真の中の風貌は寄稿文の活力とあいまってすっきりしゃっきり、いつも絵になっていた。

話を文藝雑誌に限定するが、近時、一群の古雑誌を照し合せてみると、すべてぬかりなく既刊本に提供したつもりだったのに、またもや取りこぼしを発見。

初期の「ある日ある時」（「講談倶楽部」昭和37年9月号。巻頭グラビア）は大阪の街中で談笑する司馬とみどり夫人のスナップにこんな一文を併載する。

「つかれると、中学生のころからの習慣で、三日に一度は道頓堀筋を西から東へ、心斎橋筋を南から北へあるいてみる。

この写真をとってもらった日、途中、戎橋をわたりおわったころ、視界がへんにゆらゆら動いていることに気づき、

『近視め、度がつよくなりおったか』

とおどろいて心斎橋の大学堂に立ちよると、

『大将、わずかに老眼が入っておりますですな』

と宣告された。おどろいている。」

別の拙稿（「司馬遼太郎短篇筆暦（六）」・「本の話」平成17年10月号）で紹介しているので、初おめみえといえないのがつらいですね。

ずっと手許にあったのに息をひそめていて、不意に顔をみせたのは、「古い地図」（「オール讀物」昭和41年2月号。巻頭グラビア「私のパートナー」）。「九郎判官義経」（43年4月号まで27回。初刊本で『義経』と改題）新連載とタイアップ、読者へのおあいそめく。

自宅で古地図を眺める司馬のスナップにそえて。

「人間の感覚というのはおかしい。歌はうたえないのに音楽好きというのがあるように、現実の私はひどい方角オンチなのに、地図をみると、その土地のその地点からみる風景がほぼ想像できるような気がする。それが又ひどく楽しい。

古い時代の地図と陸地測量部の地図をつきあわせつつ、時の経つのを忘れてしまっていることがある。結構なパートナーです。」

同じころの記事として、「別冊文藝春秋」第93号（昭和40年9月15日）巻頭グラビア「芥川賞 六人の女流作家」も見逃せない。司馬邸の書庫で、田辺聖子、司馬、みどり夫人が歓談するスナップに、田辺が「先輩、後輩」と題する逸文を寄せる。
「私は司馬さんよりだいぶおそい受賞で、だから司馬さんの後輩であるが、奥様に対しては私が少々先輩である。同じ樟蔭女専国文科の出で、私のほうが二、三年早いわけだ。司馬さんがお忙がしいのでめったにお目にかかれないが、お会いすると三人でおしゃべりが止まらない。ちょっと三十分ほど、と思ってうかがったのに、三時間も長話をしてしまった。「楽しそうに小説書きはる」と司馬さんにいわれたが、ナマケ者の私は、書くよりおしゃべりのほうが好きだ。」（受賞作「感傷旅行」、第50回、昭和38年下半期）
司馬遼太郎夫妻なく（平成26年11月12日、福田みどり歿）、昭和3年3月27日生れの田辺聖子も米寿をすぎたが、いっそうの健勝を心から祈念する。

（7月10日）

歴史ではなく人間を書く

「国盗り物語」(「サンデー毎日」昭和38年8月11日～41年6月12日、149回。初刊本全4巻40年11月10日～41年7月25日・新潮社)は、読書の快楽を満喫させて、司馬遼太郎が新境地を開いた長篇小説である。

単行本第1巻の箱に付く帯に「作者のことば」を書下し、第2巻の帯にも載せ、諸家の推薦の辞と一緒に同じ文章を印刷した小リーフレットも作製。力こぶの入れようここに極まれり、と思いかけていたら、最近、かねて気になっていた新潮社出版案内「カタログ」(原題は英語。現在のPR誌「波」の前身)が手許に舞い込んだ。案の定、20号(昭和40年12月)に随想「—国盗り物語—創作余談」寄稿。戦国期の傑物と社会をめぐるワンポイント・レッスンにようこそ。

「中世のあらゆる体系、秩序、価値観をうち破って出現した織田信長は、ふつういわれているような戦国の統一者というようなものではない。革命児であった。信長の歴史的存在が、秀吉や家康よりも偉大なのはこの点である。かれは日本に革命らしい革命をはじめて成就した人物のように思われる。

　信長がもっている経済観だけでゆうにかれは天才的な経済体制の創設者といえるだろうし、信長がもっているその無神論にいたっては、それを中心に独創的な哲学を組みあげるに足るものである。かれは日本に革命らしい革命をはじめて成就した人物のように思われる。

　その信長のもっとも信長的な思想と行動の方法は、かれの舅《しうと》であった北隣の美濃の国主斎藤道三からずいぶんと影響されたにちがいない。」（傍点は原文のまま）

　道三は、国土奪取のみならず、商業を開放、楽市楽座の制を設け、城下町を造営、軍団の集団居住と商業の中心的機能を作り、近世都市発展の最初の基礎を固めたが、その新手法の全国規模への拡大を試みたのが信長である、と述べたのち司馬はまとめに向かう。

「戦国統一という特異な革命の系譜は、道三から発して信長、秀吉とつづく。この三人の発想法、やりかたは、農業的でなくいかにも商人的であるという点で共通しているが、その源流は源流である道三が商人であったことをのぞいてはちょっと考えられない。その手口の投機性、開放的な打算性は、三人の戦争のやり方をまで特徴づけている。

かれらはそういうやり方で中世をうちやぶり近世をまねきよせようとした。余談だがその系譜の最後の人になった家康は、その模範をこの三人から仰いでいない。むしろ中世的な最後の政治思想家ともいうべき武田信玄を先師としているふうがある。その点、家康は三河人らしい農民型の体質だったため三人とは別な体系、つまりネオ・中世ともいうべき徳川時代をつくったのであろう。

この「国盗り物語」は、ざっとそういう史観でかいた。むろん小説だから歴史を語るのではなく人間を追及するのが主眼で、その点この一文は、いわば創作余談にすぎないが。」

「史観」というイデオロギーふうの表現を自ら用いた珍しい例だが、つい連想したくなるのは、NHKテレビ大河ドラマ「国盗り物語」（昭和48年1月7日〜12月23日、51回）放映当時「信長殺し、光秀ではない」といった奇説を得意とした変り種作家八切止夫《やぎりとめお》がこの番組にいちゃもんをつけた一件（「平凡パンチ」48年4月9日号）。律儀に反論して、司馬遼太郎は語る。

「作家は史観では小説は書けない。いや、書かないのです。あるのは、人間に対する強烈な関心だけ。わたしの道三と八切氏のがちがうのは、その関心の示し方であり、史観の問題ではないのですよ」

この発言をおそろかにしてはなるまい。「司馬史観」などと自己規定するのに接した記憶がない。

（7月25日）

受賞年は作品花ざかり

司馬遼太郎は、直木賞受賞の昭和35年1月末以降、執筆活動に拍車がかかり、注文殺到にも、着想全開、出前迅速、大豊作の季節を迎えつつあった。それゆえ、この年の仕事の全貌把握は容易ではなく、ごく最近でも、珍無類の逸文4篇収穫という有様。ご一読を。

小さな囲み記事にも機嫌よく応じ、「ゆきつけの店」欄に、おかしみを交えて、寸評「大阪 20円の焼きとり」を届ける。なつかしや。

「大阪の、梅田松竹の東角を、北へ、すこしまがって下さい。右側に「ともえ」という、焼き鳥屋があります。一クシ二十円の、ヤキトリがうまい。女ばかりの店ですが、ぜんぶトウがたちすぎているのが欠点。」(「たべもの千趣」昭和35年4月号・千趣会。33年5月創刊、35年5月「COOK〈クック〉」と改称)。

「トイレット・エピソード」と副題をそえる「霧隠さん」(「COOK」35年7月号)は粋

な滑稽小話。

作者なじみの食堂でふと対面した「木暮実千代系の顔に、多少粗悪なラードを詰めこんだような四十前の」霧隠《きりがくれ》さん。新聞社や生命保険会社の婦人用トイレを内緒の仕事場とし、「ふつうの白い婦人用の下着から、鴨居羊子デザインの複雑怪奇なそれ、さらに服地から、帽子、オーバーまで」婦人用品を約2割安で販売する「日米商会」を名乗るひとり女あるじ。件の食堂へ昼飯を食べに行った折、おかみさんは「街のにんじゅつつかいやな」とうまいことをいう。2千万円貯金あり、とのうわさ話に耳を傾けていると、霧隠さんも来店。注文してから、「新聞に目を落として、株式欄を読みはじめた。その横顔は孤独なものだけがもつ、金属の彫刻に似た一種のうつくしさがあった」とさ。

「楠正成」〈加賀淳子『現代人の日本史10南朝・北朝』〈昭和35年4月30日・河出書房新社〉月報〉。400字詰原稿用紙5枚半の眼目に光をあててみると。

「歴史家は、俠気というものを信用しようとはしない。すべての歴史上の人物の行動に、なんらかの経済的理由や政治的理由を見出そうとするのだが、何千年の歴史のなかには、きわめてまれに、純乎たる俠気が歴史を動かす場合もありえてふしぎではない。正成の場合が、そのまれな例のうちの巨大なものであろう。

侠気的体質は、自分の人生をもってロマンをえがこうとする。正成は、詩的人生に生きた。が、その詩的感動がくずれる日がきたのだ。感動をもって起ちあがったかれが、事成って建武中興をむかえたとき、その政治が汚濁にみちたものであることを知った。かれは、裏切られたものを覚えたであろうし、さらにそれよりもつよく、自分に従って難戦苦闘をともにしてきてくれた郷土の兵や民に顔むけがならぬものを感じたに相違ない。

かれは、湊川以降でも、十分に生きえたに相違ない。かれの戦術能力からすれば、あの合戦の最中でも十分に戦場を離脱することができたはずなのに、まるで自殺行為としか見えない湊川の野戦をたたかった。自殺行為としか思えぬというより、自殺をしたというほうがより正確であった。自殺することによって、自分を支持してきてくれた郷土への申しわけをたてたのだろうし、同時に、自分の詩的人生を、より詩的に終らせたかったのであろう。あとを生きつづけるとしても、その半生の詩に、蕪雑な散文がくわわるだけのことだったからだ。」

そうして、中味が濃厚な楠正成素描を情感こめて閉じる。「正成において発動した詩的感動が、歴史の一部でもうごかしえたことを知るとき、私にとって日本史はかぎりなく楽しいものになる。」

「魔法びつ」(「婦人生活」昭和35年5月号。「市電の停留所でプロポーズ」〈「主婦の友」38年7月号〉と話題に重複あり)も愉快な一席。

新婚当初、夫人が電気釜のラベルに〝魔法びつ〟とあるのを信じ、「魔法でごはんができあがってゆくとおもったらしいのだ。まるで、うそのようにホントの女房」と書きながらも、おちゃらけなしの愛情物語。

既刊本収録済の作品と併読すれば一目瞭然、特大のごほうびを獲得して、陣構えたしかな本格参戦の時節到来である。いざ、出陣。

(7月31日)

今東光との奇縁あればこそ

縁あって、平成12年12月中旬と13年5月中旬、各1泊2日で、作家今東光の千葉県佐倉市のついのすみかを守るきよ夫人を訪問した際、庭の書庫見学を許されたのがいちばんの想い出。

今が、函に付く帯に名文章を寄せた『梟の城』（昭和34年9月20日・講談社）の見返しには、「今東光先生　昭和三十四年仲秋　著者」、『大坂侍』（34年12月25日・東方社）の見返しには、「今東光先生　昭和三十四年暮　著者拝跪」と共に青インク万年筆で記す司馬遼太郎の献呈本を見つけたとき、両者の古くからのうるわしい交遊を垣間見た気がして、感銘深かった。

隠し砦から救い出した、司馬と今ゆかりの逸文等があるので、お目通しを。

特筆すべきは、上方住まいの文士揃い踏みよろしく、空前絶後、同一紙面を飾るスナップ付お年玉原稿（「産経新聞」大阪版昭和41年1月6日付朝刊）の存在。今の「身辺雑記」、司馬の「町の伝統」、いずれも相当の長文なので、ご両所のひのき舞台に案内したことでご容赦願い、要約筆記のみを。

今は、千利休から河内の豪家まで、古人が体現した「生活の知恵」に学びつつ八尾市天台院の来し方行く末に想いをひそめる。

司馬は、江戸期、武士の町江戸では商いの必要上、町人間に敬語が発達、他方町人の町大阪では上下感覚乏しく、軽い敬語が少しあれば用が足りた、と指摘。

また今日、東京の「品質第一主義」に対し、「安値第一主義」が大阪経済の悪しき伝統といえるが、国際的な経済社会では厄介事とならないか、と懸念。

良し悪し2つの伝統、半世紀前の昔語りとして、一笑に付せるかどうか。

誕生日の昭和42年3月26日、今の古稀誕生祝賀の集いが自宅で催された折、知友ともども駆けつけた司馬は、「十五年ほど前から付合っていますが、シワ一つふえていない。化物じゃないかと思うんですよ」と感嘆しきり（「アラヒグラフ」42年4月14日号）。

しかし、さしもの東光和尚も病魔には勝てず、昭和52年9月19日、大往生（因みに、平成20年没のきよ夫人と祥月命日が同じ）。

司馬は早速、情理を兼備した追悼談話を捧げる（「産経新聞」大阪版9月20日付朝刊）。題して「見事だった死生観」。全文引用で、ぞんぶんに、しみじみと。

「昭和初年の文壇には、一つの癖があって、思想とか教養とかがむやみにうるさかったようですが、今さんの面白さは生涯そういうものにとらわれていたことのようですね。（人生の）後半は時々そこから抜け出して、作品が実に面白かった。河内の話とか、青春のころの話など、野太くてどういう精神の仕組みからこんな愉快な世界が生まれるのかと思ったほどでした。

最後まで両親の故郷である津軽への思いを、骨髄にまで溶かしていたように思いますが、当のご本人は津軽生まれでなく、函館で幼年時代を送り、横浜、神戸で成人し、東京で青春を送るといったように、生っ粋の都会人だったと思います。

しかし、生命力の強さというか、何だかロシアのコサック集落の生まれのようで日本人ばなれしていたなあ。作品にも、文体にも、そういう臭いがありました。大正末期に青春を迎えた人らしく、大変モダニズムが好きな一面、天性、古典意識が強く、昭和二十年代に大阪の四天王寺で「易経」を講義していたときの内容なども江戸時代の漢学をそのまま忠実に踏まえているという具合でした。

お祭りが好きなのか、晩年は参議院に出たりして妙な具合だと思いましたが、そういうことよりも死生観が見事だったと思います。早くからガンということを知っていても、死についての恐怖などは皆目なかったのではないでしょうか。あの人の仏教がそうさせたというより、やはり何か貴重な生まれつきを持っていたせいでしょう。」

（8月8日）

小説と芝居は別物ですから

文藝春秋が愛読者向けに催した「文藝春秋祭り」（昭和27年〜53年、28回。於東京宝塚劇場。毎年ほぼ11月が恒例。37年までは「文藝春秋愛読者大会」）の呼び物は、主に著名作家を配役とする「文士劇」であった。

架蔵する公演パンフレットをのぞくと、照れ屋さんの司馬遼太郎は出演経験はないけれど、演し物として「竜馬がゆく」（41年）、「坂の上の雲」（47年）、「翔ぶが如く」（51年）の上演を歓び、芝居に先立つ講演で2度登壇（38年「歴史と小説」、44年「歴史と人生」。前者は記録なしか。後者は既刊講演集に収録）、随筆2篇を執筆（41年と43年、既刊本に提供済）して責めを果している。

このたぐいの全面協力姿勢は、自作劇化においても明らかで、司馬が一文を寄せる公演パンフレット（全て所蔵）に限定して、並べてみる。

尾上菊五郎劇団大歌舞伎（昭和40年7月、歌舞伎座。「国盗り物語」より）。

新国劇「暗殺」（40年11月、新橋演舞場。「幕末」より）。

吉例中村錦之助公演（43年6月、歌舞伎座。「竜馬がゆく」より）。

国立劇場歌舞伎公演「戦国流転記」（49年11月。「割って、城を」より）。

前進座公演（52年12月、新橋演舞場。「花神」より。53年1月、南座、53年2月、朝日座）。

前進座公演（58年12月、新橋演舞場。「尻啖え孫市」より）。


小説は小説、芝居は芝居と割切り、小説にこだわらず、いい芝居を作って、と激励し、わけへだてなく、劇化構想の申し出を快諾したことは、主催者の挨拶文などからも読みとれる。

この分野に曲者ありと見当をつけて長いので、取りこぼし皆無のつもりでいたところ、おっとどっこい、やっぱりまだつかまえそこないがあった。

10月秋の合同公演（昭和40年、明治座。「酔って候」より）パンフレットに司馬の「雑感」掲載。ことなげに手本を示すかのような人物描写の優品にようこそ。

「殿様というのは書きにくい。特殊な生活形式でがんじがらめにしばりあげられて、感情の表出さえさだかでない、とくべつな人間だからである。

しかし幕末の四五人の殿様だけは、この例外である。とくにここに劇化された土佐の山内容堂ほど人間くさい殿様はすくない。詩人で酔っぱらいで豪放でしかも感傷的なこの行動家は、幕末の風雲をおのが舞台と見、その舞台へ徳利をひっさげて駈けのぼった観がある。

長州の桂小五郎は維新後、参議、公爵になったが、容堂の目からみれば小僧であったらしく、ある冬の朝、馬車に乗って容堂を訪問した。容堂はそれを玄関わきの小部屋で長時間待たせ火鉢も出さなかった。

あとで木戸が他の人にそのことをこぼした。その人は容堂に忠告した。「木戸もあれで公爵でございますからせめて火鉢ぐらいは」とその人がいうと、容堂はその癖である、口をへの字にまげた表情をつくり、

「三百年の大名の癖がそうそう一朝になおってたまるか」

といった。

そんな男だった。」

この種の逸文出現、これでおしまい、と信じつつ。

（8月15日）

旅の筆ごよみ総ざらえ

司馬遼太郎は、何の道楽もないと公言しながらも、趣味は旅行と答えるのを常としていたようである。

そのたのしみを仕事にいかした集大成が、「街道をゆく」（「週刊朝日」昭和46年1月1日号〜平成8年3月15日号。国の内外85街道（みち）、1147回。単行本全43巻）であることは衆目の一致するところ。

実は、事ここに到るまではるかなる助走、大いなる地ならしがあったといってよく、主たる文業を掲出してみる（初出記録のみ）。

「街道をゆく」に通じる地下水脈の起点といえるのは、「生きている出雲王朝」（「中央公論」昭和36年3月号）かと。数日の滞在ながら、観光案内ふう見聞録の比ではなく、この地方への強烈な関心を雄弁に物語る会心作にちがいない。

父祖の地姫路から遠くない「倉敷―新日本名所案内25」（「週刊朝日」39年10月16日号）は、民藝の町の人情に密着する2泊3日。

マイカーブームさめやらぬころ、車の運転もしないのに、薩摩から函館まで走破した「維新こぼれ話」（「週刊文春」40年4月19日号〜41年3月21日号。「三菱自動車コルト1000」広告ページ、12回。司馬の小文をそえるグラビアあり）。第30回文藝春秋読者賞受賞作「歴史を紀行する」（「文藝春秋」43年1月号〜12月号）。これらも平板な遊覧記なんぞであるはずもなく、重厚かつ篤実な地歴譜がさえわたる。

「河内と大和を通ずる竹ノ内峠はわが国最古の街道である。この辺を歩くと、古代日本の歴史の行間から、空想が雲のようにわいて、仕事への意欲と、こころのやすらぎを覚える」（「朝日新聞」大阪版44年1月11日付朝刊。「竹ノ内峠」、連載企画「やすらぎ」。のち朝日新聞社編『やすらぎ―わたしの好きな散歩道―』〈昭和47年3月30日・朝日新聞社〉所収）、と母方の郷里への愛着を記す短い逸文でも手を抜かない。

ぬかりなく見取図を提示したふりができたらいいのだが、「街道をゆく」の原石の1つともいうべき逸品の急浮上に出くわして何年になるだろう。いやはや。

「大和十津川郷」（「読売新聞」大阪版40年1月4日付朝刊）なるお正月ご祝儀随想に感心

したのは、「街道をゆく　十津川街道」（「週刊朝日」52年10月14日号～53年1月27日号）で熟成する話題や人物がすでに登場、晴れ舞台をふむ下地が整っていること。参りました。

司馬の序文「歴史の証言」が付く『維新風雲回顧録』（昭和43年5月30日・大和書房。のち河出文庫。元版昭和3年3月5日・大日本雄弁会講談社）の著者田中光顕が、幕末土佐の志士の時分、新選組との抗争でわけあって十津川に入り、前田某にかくまってもらったのに報いるべく、維新後、伯爵となった田中が前田を男爵に、と取り計らおうとすると、郷人みな激怒。わが郷は恩賞をもらったためしがないのが誇りなのに、抜けがけとは。また、この郷は「一村平等」、村の重大事は昔から合議を旨としてきたのになぜひとりだけ爵位を。ふくろだたきにあった受爵予定者はひらあやまりして辞退、ようやく暴力沙汰を免れたとか。

この挿話そのものは、「街道をゆく」では姿を見せないが、仕込にたえず工夫をこらす息の長い仕事ぶりには敬服するほかない。

（8月21日）

書きたいことは何度でも

司馬遼太郎は、死に直面した若き日をふり返り、「それでも、死はやってくる—私の親鸞」（「大乗」昭和29年5月1日・西本願寺教学部「大乗刊行会」。本号から「ブディスト・マガジン」を改題。筆者福田定一、肩書は新聞記者）で述懐する。

「（前略）歎異抄を読み、教行信証を読み、手に入るだけの親鸞教説の解説書を読んだ。（中略）ところが奇妙にも、それらはすべて私の生命の救いとまではなってこない。（中略）滑稽なことに、私は知識として親鸞を吸引していたようだった。（後略）」

この青春迷い道再考には以後時折、筆がおよぶ。

簡便な案内書『現代人の親鸞聖典』（昭和41年11月1日・築地聖典刊行会）に寄せたすいせん逸文「安心立命の書」ではこんなふうに。

「私は二十一、二のころ、生死のことで途方に暮れ、さまざまな書物を読んだが、いっこうに得心しなかった。最後に岩波文庫から出ていた「歎異抄」をよんだとき、はじめて心の落ちつきを得た。繰りかえし読み、ついには黙読をやめ、中世人のように声を出して読むことをした。声を出すことによって、行間のひだに籠っている述者の陰微な、念仏行者としての戦慄のようなものを感じとれたような気がし、そこに安心の世界があるかと思いあこがれたりした。（後略）」

短縮引用を避けたくてたまらない気持にさせる逸品は、「よみがえる新鮮さ」（「わたしのなかの歎異抄」昭和60年11月17日・東京荒川少年少女合唱隊演奏会プログラム）。

「（前略）私は学校の途中で兵隊にとられたとき、文庫本の『歎異抄』を持って行った。生死の事に安らぎを得るだろうと思ってのことだったが、しかし、かならずしも予期したような結果は、私にもたらされなかった。私は『歎異抄』によって、中世の文学はその成立や伝播の事情から考えて、ひたすらに朗読すべきで、黙読しては何もわからないという体験を得たのだが、『歎異抄』を朗読するうちに、目で知ろうとするはからいが消えて、それにかわって行間に充満している何事かがいきいきと聞えてくるような感じがしたのである。この書物を目で読んでいたころは、すぐれた文章と論理で書かれた死についての安《あん》心《じん》の書であろうと思っていたが、声を出して読むうちに、親鸞のあのたくましげな肉声をきく思いがし、ついには生命のよろこびのようなもののみを感じて、二十二、三歳の幼稚なころながら、これでいいのだろうかと困惑する思いがしたことを、いまも憶えている。

しかしひるがえって思うと、兵隊の仲間の中に入れられているというそのころの条件やら、感受性が、おそらくいまの年齢の私よりも鋭敏だったにちがいない、などといったことを考えあわせると、『歎異抄』によって生きることの、朗々たるよろこびを感じたという心境は、あるいは読みちがいや錯覚からきたものではなかったかもしれず、私は『歎異抄』についてはいまもそういう把え方から離れられない。」

加えて、念押しめくのは「読書のいずみ」（昭和62年3月・全国大学生活協同組合連合会巻頭随筆「学生時代の私の読書」。

「（前略）『歎異抄』の行間のひびきに、信とは何かということを、黙示されたような思いがしました。むろん、信には至りませんでしたが、いざとなって狼狽することがないような自分をつくろうとする作業に、多少の役に立ったような気がしています。（後略）」

感傷的昔話とは無縁、自分流筆一本を貫く司馬遼太郎終生の意気込や、よし。


（8月28日）

すいせん文オンパレード

出版社等が自社刊行物の宣伝用に作るパンフレット類を内容見本とよぶ。諸家のすいせん文を載せることが多いが、書物とちがって散逸しやすいので、書誌学徒泣かせの資料の筆頭。寄稿者の逸文の宝庫といえるであろう。

分野を問わず、内容見本集めに精を出してきたのが幸いしてか、司馬遼太郎の逸文掲載分もあらかた確保し、既刊本に提供し終えた、とほっとするのもつかのま。

実際、この作業には終りがなく、最近10年程の間にも、それなりの成果があったので、一挙大公開、はちと大げさですかね。

躍り出た残り福を順次目録形式で掲げる。工夫に乏しくて恐縮だが、司馬のきらびやかなやわらか頭にお気づき願いたい一心で。

色つやのある讃辞の抄出を断念したので、もどかしい印象を与えないか、とそればかりをおそれている。

なお、日付は、単行本では初版発行日、全集や叢書類では第1回配本時を示す。

「日本語の楽しみを与えてくれる」（前田勇編『上方語源辞典』昭和40年5月31日・東京堂出版）

「推薦の言葉（無題）」（京都国立博物館編『洛中洛外図』41年7月15日・角川書店）

「二天の絵画」（完全復元特製表装掛軸『宮本武蔵筆午眠布袋』43年9月18日・講談社）

箱に付く帯に載る「推薦者」25名中の1人。寄稿文なし（『丘浅次郎著作集Ⅵ生物学講話』44年6月20日・有精堂）

「未来への価値」（『中国文明選全15巻』46年2月25日・朝日新聞社）

「推薦の言葉（無題）」（宇治市編『宇治市史全6巻』48年1月20日・宇治市役所）

「精緻な密画風景」（角田文衛『日本の後宮』48年5月30日・學燈社）

「刊行を待ちかねる」（『講座比較文学全8巻』48年6月10日・東京大学出版会）

「大きな幸福」（『大系日本の歴史全32巻』48年10月25日・小学館）

「幻の名著」（土木学会編『明治以前日本土木史』復刻版48年12月5日・岩波書店）

「『倭寇図巻』の刊行をよろこぶ」（『倭寇図巻』限定300部49年6月15日・近藤出版社）

「伝統のなかの宝石の蔵」（『日本農書全集第1集15巻』52年4月10日・農山漁村文化協会）

「息をのむ思い」（木本誠二『謡曲ゆかりの古蹟大成全5巻』58年9月10日・中山書店）

以下の3点、推薦者の1人として内容見本に名を連ねるのみで寄稿文なし。

加藤九祚『北東アジア民族学史の研究』61年3月20日・恒文社

市古貞次編『日本文学大年表』61年11月30日・桜楓社

日置英剛編『新・国史大年表全9巻・索引1巻』平成18年10月9日・国書刊行会（内容見本欄外に「故人の方々から生前にお寄せいただいた推薦文も掲載」とある）

司馬遼太郎が先人や同時代人の学恩に捧げた敬意と謝意に想像をたくましゅうしてもらえたら、おなぐさみ。

（9月4日）

司馬版「城崎にて」

司馬遼太郎歿後ほどなくの追悼記事「倫理性問い続けた司馬遼太郎さん」（「読売新聞」大阪版平成8年3月8日付夕刊。地方部長白石喜和記）に接したのが、最初のおどろきであった。

その2年前、兵庫県地域版「詩情百景」連載第1回で、城崎の旅館に司馬の未発表随筆が残っていて、紹介記事を豊岡支局の若手記者が担当した、とある。

数年後、「桂小五郎潜居の宿」として名のある「つたや」先代あるじの『わたしの城崎』（平成11年2月24日・東方出版）巻末収録、司馬の「我が城崎」と対面したあたりから、本格調査の必要を痛感したものの、平成13年7月中旬になってやっと、大阪本社文化部に異動していた先の記者と連絡がとれ、「司馬さんの未発表原稿―28年前の投宿先に残る」とうたう「詩情百景」（平成6年1月16日付朝刊、地域ニュース）の複写を郵送してもらった。

見出しの手前に大きく、司馬の訂正原稿と直筆原稿の部分写真2枚を掲げる。文中に抜粋引用が2箇所あり、「古い文章なので、どことなく気に入らず、少し直しました。ご使用、許可。司馬生」という一節が見えるが、手書き原稿とは別に、加筆に用いた印刷原本があるのでは、と素朴な疑問がわいた。本当に未発表なのか。

事の詳細が定かでないまま、既刊本に前掲「我が城崎」を提供したが、ややもや気分を解消したくて、満を持しての「つたや」訪問が実現したのは、平成24年5月末、桂にも司馬にもゆかりの「桂の間」に1泊2日。

3代目現当主の説明や、『わたしの城崎』の叙述を重ね合せると、昭和41年春ごろ、つたやに滞在した司馬は、桂小五郎関連資料調べのつれづれに、先先代当主のもとめに応じて400字詰原稿用紙7枚の「我が城崎」を書きあげたと推察される。

一夕歓をつくしておひらきまぢか、亭主がおもむろに予想外の一冊を取り出してみせたときのおどろきといったら、気絶寸前もの。

「山陰海岸国立公園　城崎温泉」（発行・産経新聞社。定価80円。刊記なし）なる全21ページ。末尾に司馬のスナップ2葉と「我が城崎」が載っているではないか。つたやが保存する自筆原稿と同一文章、司馬が件の新聞記事用に届けたのも、この本文の複写に改訂を施したものにちがいない。

大幅な手直しを尊重し、『わたしの城崎』に全文収録されたのが決定稿となるが、初出誌が存在するのだから、未発表とはいえないであろう。

いつどこでどのように事が運んだのか。最晩年の司馬には遠い昔の忘れかけていた仕事かもしれないが、そして関係者の善意を疑うわけではないけれど、しゃれた城崎案内に既出なのに、なぜだれもその事実にふれなかったのか。発行日の記載があれば真相解明の糸口になったかもしれず、惜しまれる。

最後の1冊ゆえ、見納めのはずであったが、平成27年7月中旬、つたや主人からもう1冊見つかったとの吉報拝受。8月上旬再訪、超稀少冊子の贈呈にあずかる。

こんな特大幸運物語にめぐりあえるのだから、人生捨てたものではありません。


（9月11日）

持ちつ持たれつ同行ふたり

司馬遼太郎の「週刊朝日」長期連載「街道をゆく」のさしえを担当した洋画家須田剋太（昭和46年1月1日号～平成2年2月16日号掲載分まで897回）と司馬との関係を「名夫婦」と喝破したのは、両者を敬愛してやまなかった女優高峰秀子（須田編『私の曼陀羅』昭和59年10月15日・光琳社出版。序文の表題）。言い得て妙で、仕事とはいえ、「やじきた」道中は健康の基と心得、励まし合って歩きつづけた折節、司馬が須田の人と藝術に迫った作品は、既刊本に提供しきったつもり。

だが、その程度で、畏友間に香り立つ人間味を理解しつくせるわけがない。おすそわけでしかないけれど、少しでも肉付けできれば。

前掲『私の曼陀羅』、『私の造型』（59年11月20日・大阪書籍）と相次ぐ、須田の著作出版記念会が、11月27日夜、大阪市北区のホテルで開かれた際、司馬は、「彼は絵を描くこと以外できない人。あの破《わ》れ鐘のような文章を出版するなんて日本語の恥」(「朝日新聞」大阪版11月28日付夕刊「人きのうきょう」)と破格の祝意を表したが、喝采鳴りやまず、であったと想像する。

そんな愉快な交遊もやがて終幕を迎える。17歳年長の画伯との、とわの別れは思いもよらぬ無念なかたちで訪れる。平成2年7月14日、須田剋太永眠。司馬夫妻はあいにくモンゴル滞在中。異国からの追悼談話(「不透明えのぐで新しい東洋画」〈「朝日新聞」大阪版7月15日付朝刊〉)は割愛して、以下に焦点をあわせたい。

7月16日午後、葬儀・告別式での代読弔辞(同日の日付、「モンゴル高原より」とある。ウランバートルの日本大使館で認めたらしく、青インク万年筆で和紙にたっぷり4枚。「司馬遼太郎と歩いた25年『街道をゆく』展」図録〈9年4月2日・朝日新聞社〉127ページにカラー写真)の抜粋に、司馬の忍び音を聞こう。

「草原の夜は、おそろしいばかりの闇でした。『歩きましょう』。そうおっしゃるので、二十歩ほども歩きましたが、星空の中を歩いているようでした。星のどれもが、金の鋲のように大きかったのを覚えています。このとき須田さんは、突如、母君の背に負われているころのことを思い出されました。場所は、武蔵のくに、熊谷の在で、明治四十年ごろのことであったでしょう。『あの星をとってほしい』と、むずかられたそうです。美しいものを自分のものにしたいという画家としての出発は、このときからはじまったのでしょう」（「街道をゆくの挿絵20年　須田剋太さん（84）逝く」、「週刊朝日」2年7月27日号。全文公開の有無は寡聞にして知らない）

須田が描く百済観音に、司馬が「光明風塵之中」なる賛を寄せた掛軸を架蔵するが、ご本人から「仏法は世間風塵の中にある、という意」と教示を得たことがある。滋味掬すべき『風塵抄』を連想したくなりませんか。

司馬遼太郎と須田剋太の人生讃美を観望するたびに実感すること。ふたりとも、何かの弾みでこの世にやって来て、何かの弾みでどこかへ行ってしまった人のような気がしてならない。具体例を伴わぬままの口から出まかせを承知で。

（9月18日）

読んで学んで旅して書いて

第1期『司馬遼太郎全集全32巻』（昭和46年9月30日〜49年4月30日・文藝春秋）発刊の折、地元在住の健筆作家ゆえか、大阪の新刊書店の熱の入れようはものすごかった。

取次大手も元気で威勢がよかったから、46年9月15日（祭日）、東販大阪支社主導のもと、小売書店組合「なにわ会」は南北二班にわかれ、内容見本を街頭配布するなど、宣伝パレードを実施。B4判1枚の計画表、B5判4ページの販売に当っての注意書をこしらえての総決起ぶりが、所蔵するガリ版刷手書き資料2種で確認できる。

「東販週報臨時増刊号・特集司馬遼太郎全集」（9月10日・東京出版販売）はB5判16ページ。今なお重宝するのは、珍情報満載の「司馬遼太郎・作品紹介―新聞の切り抜きから―」。

「週刊日販速報臨時増刊号・特集司馬遼太郎全集」（9月13日・日本出版販売）もB5判

16ページ。前掲記事など東販版と重複が多いが、両誌とも苦心の編集、販売促進に躍起なのが、いたいほど伝わってくる。

なつかしき夕刊紙「大阪新聞」（10月30日発行、31日付）の「司馬遼ブーム過熱！」という紙面にそえる、全集をめぐる世間のにぎわいを知ってか知らずか、「著者は語る」は、どんぴしゃりの肉声採録。ここは何としても全部の紹介を。

「ぼくはまだ四十二、三だと思ってた。ところが、文春が全集を出版したいというんだナ。最初ことわるつもりやった。ぼくはまだ若いからね。ところが話を聞いてみると、大正十二年いらいの五十周年記念事業だそうだ。とたんにぼくはがく然としたよ。非常に不幸なことに、大正十二年はぼくの生まれ年やないか。ああ、おれも来年は五十歳か、とえらいショックをうけた。それで、まあショックのどさくさにまぎれて全集出版を承知させられてしもたみたいな格好なんだ。

だいたい全集というものは、どうしても過去をふりかえることになるわナ。しかしぼくには回顧趣味などはないし、ふりかえることが理由もなくきらいなんだ。

現在のぼくは過去のぼくではない。いまの自分は、あんなところには居ない…という気持ち、作品についても、いつも将来の仕事、それもいつか書こうといった先の話ではなく、この作品が終わったらすぐとりかかろうという次の仕事のことに熱中してるわけなんだ。だから、自分の本なども残しとこうとは思わない。増刷なんかで送ってきたのが自然にたまっていくくらいで、気分として受け入れられないんだ。全集の看板なんかが町に出てるね、あれもなるべく見んようにさけて通ってるようなわけで、ま、いまの心境はひと口にいえば、壮年であるぼくが全集を出すとは〝困ったなア〟というところだよ…。」とか何とかいいながら、ままよ人生、浮世の波風をものともせず、書きも書きたり、第2期全18巻（昭和58年4月15日〜59年9月25日）、歿後の第3期全18巻（平成10年10月10日〜12年3月10日）、計68巻。

雑念排除、くもりのない眼で司馬作品と向きあい、ひたすら読み続けるべし。

（9月26日）

司馬遼太郎短篇筆暦《ふでごよみ》

「本の話」（文藝春秋）平成17年5月号〜18年4月号。もともと表題に連載回数のみ明記し、見出しはなかったが、『司馬遼太郎短篇全集』各巻の帯の惹句を拝借し、本書で初めて付けた。毎回の話柄と必ずしも一致しないが、諒とされたい。補訂した箇所がある。

（一）作家　司馬遼太郎誕生のころ

田辺聖子のいくつかの司馬遼太郎追悼文の白眉ともいうべき「司馬サンの大阪弁」（「オール讀物」平成8年4月号）の末尾近くに、お聖さんと司馬サンのこんなかけあいの再現がある。

「一昨年、『上方花舞台』の公演をご一緒に観劇したとき、／〈私、もう短篇、やめよか思《おも》てますねん〉／といったら、司馬サンは、／〈まだ書いてたんかいな〉／〈へへ、まあ、あれこれ、シガラミもあり……〉／〈短篇なんちゅうもんは、四十ぐらいまでやデ〉／〈たしかにそうですね〉／〈腕力やさかいな、短篇は。ええトシして書くもん違《ちゃ》う。やめてよかった、よかった〉」（ルビは原文のまま）

お聖さんを思いやる名調子はさすがであるけれども、はやくから悟りの境地に達していたかに見えて、司馬遼太郎自身、27歳の折に本名の福田定一で発表した「わが生涯は夜光貝の光と共に」(「ブディスト・マガジン」創刊号・昭和25年6月)から、53歳のときに書いた「木曜島の夜会」(「別冊文藝春秋」第137号・昭和51年9月)まで、短篇とみなしうる作品を156篇も世に問うているのである。

このたびの文藝春秋版『司馬遼太郎短篇全集』全12巻はそれらをすべて含むが、単行本未収録作品は初期のものを中心として37篇。光文社文庫オリジナル『侍はこわい』(平成17年1月20日)所収の8篇中、7篇がそれに相当するので、厳密には30篇と数えるべきか。それにしても、読者の渇をいやすにはじゅうぶんであろう。

この全集の各巻巻末に「司馬遼太郎短篇作品通観」と題する書誌を添えたご縁で、原則として発表順に編まれた画期的な短篇集成の刊行に伴走するかたちをとりながら、司馬遼太郎健筆の日日に想いをはせるよすがとして、その人と仕事のまわりをそぞろ歩きすることとなった。

作品の醍醐味は読者自ら満喫すれば足りるのだから、つまらぬ予告篇にむだ口をたたいたり、堅苦しい作品論をこねまわしたりして、読者の感興をそぐつもりなど毛頭ない。おじゃま虫にならぬよう、心を砕いてご一緒しますので、司馬短篇のぐるりひとめぐりに一年間おつきあい願います。

『司馬遼太郎が考えたこと』全15巻（新潮社。のち新潮文庫）に提供しきれなかったエッセイがかなりの数にのぼるので、それらをはじめとする単行本未収録の各種資料も時折、交えつつ、めぼしい話題の見つくろいができればと念じている。

先頭をきる第1巻で眼につくのは、本名の福田定一として筆を走らせた作品が大半をしめることである。ちなみに、司馬遼太郎の筆名で発表した小説の最初は、従来、第8回講談倶楽部賞受賞の出世作「ペルシャの幻術師」（「講談倶楽部」昭和31年5月号）と目されてきたが、これより先、「大乗」（西本願寺内「大乗刊行会」発行の月刊誌）に昭和30年6月から9月にかけて4回連載された中篇『道化《おどけ》の青春』である。司馬遼太郎は戦後まもなく、昭和20年暮あたりから本格的に記者生活を開始しているが、ほぼ10年におよぶ実体験にもとづく佳品で、作者の軽妙な批判精神はいまなお古びない。時あたかも、これまた記者人生の省察のうえに立ち、本名で書下した最初で唯一の著作、『名言随筆サラリーマン』（昭和30年9月25日・六月社）の発刊時期と重なることに注目したい。

そして昭和32年5月、「近代説話」第1集に掲載した「戈壁《ゴビ》の匈奴」以後、小説発表時の筆名はつねに「司馬遼太郎」となる。

いまひとつの特徴は、大阪のあきないの現場を舞台にした現代小説を数篇書いていることを

とである。これらは第2巻でも読める。大方の読者はいずれも初対面の作品と思われるが、猥雑なエネルギーが湯気を立てているなか、ののしりことばのぶつかりあいに面くらって眼をそむけるのはよしたほうがいい。司馬遼太郎のオモシロ話好き、オモシロ人間好きのオンパレード、読者の度胆を抜き、固定観念や既成概念をゆさぶる威力にみちた筆勢の小気味よさを堪能するのがいちばんである。

執筆当時の司馬遼太郎の気分を知るのに恰好の逸文を紹介しておこう。「随筆ぐらふいっく　船場《せんば》よいとこ」(「主婦の友」昭和36年9月号)に記す。全体の3分の1弱、同行者との会話のエッセンスのみ抜粋する(ルビと傍点は原文のまま)。

「(前略)「すると、むかしのいわゆるドコンジョウの街のにおいはどこにあるんです」／「ここですよ」／と、私は船場丼池《どぶいけ》の町角に立った。その商戦のすさまじさは、写真をごらんになれば、やや想像できるだろう〈注・タバコをくわえて雑踏をゆく筆者のスナップほか全4葉のグラビアをお見せできないのが残念〉／これは、船場の野武士の町だ。／私は、この町のすごさを、どうみじかく説明すべきか、ことばがない。月に何軒かの倒産があり、夜逃げがある、といえばよいか。／戦後、ここの連中は、上品な船場にゲタバキでのりこんできて、あらたに丼池の町をつくり、海賊のようなツラガマエで商売をはじめた。／「あれは船場人やない」／と古い土地の人はマユをしかめるが、かれらは、／「太《たい》閤《こう》はんも、もとは野武士やったやないか」／とやりかえす。／大阪を見物しようと思えば、まっさきに船場丼池筋にゆけばよい。ここには、テンピンボウ一本で天下にたちむかってゆこうとする男らしい夢がある。」

往時の活気どこへやらの現状だが、司馬作品で躍動する大阪人の心意気は、今もどっこい生きていることを忘れずにいたい。

（二）直木賞を受賞するまで

戦国諸大名を「物狂い」の世界にひきこみ、その心を翻弄した「壺狩」をめぐる話に関心を寄せる文筆家は古来稀ではない。

古くは、薄田泣菫《すすきだきゅうきん》（1877〜1945）の「利休と遠州」や「小壺狩」といった甘露な逸品が想いうかぶ（『泣菫随筆』平成5年4月24日・冨山房百科文庫43）。『司馬遼太郎短篇全集』第2巻に収める、「小壺狩」（「未生」昭和33年2月号）を改題、加筆した「壺狩」（「近代説話」第3集・昭和33年7月30日）。さらにその中身をふくらませた「豪傑と小壺」（讀切倶楽部」昭和34年3月）へと筆をのばし、その間に「戦国の壺」（「未生」昭和33年4月号）を発表していることから推して、司馬遼太郎もつとに「壺狩」にまつわる人生譚に興趣をそそられていたようである。

小細工がなく、理屈に流れず、人生の知恵の結晶がおだやかな輝きを放ち、おのずと微苦笑をさそう、こざっぱりとしたおかしみをたたえて、退屈させないため、読後の気持が平らかになる。

このように、司馬遼太郎がある着想のもとに編みだした短篇作品に洗練の度を加えようとして、いかなる筆法を駆使したのかを垣間見ることができたのは、第2巻所収短篇ではむろん、この全集すべてにおいても、格別の掘出し物といえる「豪傑と小壺」にめぐりあえたからにほかならない。

事の発端は、かれこれ4半世紀前、司馬遼太郎が直木賞を受賞した年の秋に「源氏さんの大阪時代」を寄稿した「傑作小説臨時増刊　源氏鶏太小説読本」（昭和35年11月15日）を古本屋の店先で入手して、発行元の三世社という出版社の存在が気になりだして以来である。翌年刊行された「傑作小説　子母沢寛小説読本」（昭和36年7月5日）と同時に購入したのだが、後者の奥付に、岩田専太郎の表紙が眼にやきつく「讀切倶楽部」の広告が載っていたので、むかし貸本屋で見覚えのあるあの艶っぽい感じの雑誌と同じ版元かと記憶にとどめたものの、それ以上追求することなく、いたずらに時間が経過した。

そうこうするうち、司馬遼太郎歿後ほどなく、大村彦次郎「司馬さんと吉行さん」（「文藝春秋」平成8年5月号）が紹介する司馬遼太郎の吉行淳之介（1924～94）評に接したとたん、にわかに連想の糸が張りつめ始めたのである。

「(前略)司馬さんは一歳年下の吉行さんについて、こういったことがある。「皿のうえに目玉がゴロンと転がっている、とする。それを見つめて描写するのが、吉行淳之介や」。自分にはそれを描く資質も興味もないが、とことわったうえで、吉行さんの天稟を称揚した。(後略)」

想い出したぞ。平成2年1月24日夜、山片蟠桃賞贈呈式の二次会の折、大阪コクサイホテルで深夜まで歓談する機会を得た。前年12月9日に死去した開高健(1930〜89)を送る1月12日の葬儀の席上で司馬さんが捧げた弔辞で話題はもちきりであったが、なにかの拍子に、司馬さんが不意につぶやいた「吉行さんて、チャーミングな人やで」という抜群の寸評が両者を結ぶ重要な補助線として想起された。

司馬遼太郎「下町で見た江戸気質」(え・サトウサンペイ)、吉行淳之介「酔客もなし心斎橋」(え・おおば比呂司)を併載する「東西作家の初あるき――いけまっせ東京 すれすれ大阪」(「産経新聞」東京版昭和36年1月3日付朝刊)を見つけて大切にしまいこんだのもこのころである。記事のリードがうたうとおり、「文壇東西若手エース」が「フランチャイズをとりかえて」二都の初春の表情を素描して、読ませる。

決定打ともいうべき強力なあと押しは、これまた大村彦次郎の快著『文壇栄華物語―中間小説とその時代―』(平成10年12月5日・筑摩書房)である。第10章にこんなくだりが見える(注以外は原文のまま)。

「朝鮮戦争の勃発した二十五年から六年にかけ、「別冊モダン日本」(注・新太陽社発行)は都合十三冊刊行され、どうやら黒字になるまでに挽回した。ところが金主と社長の牧野(注・英二)が対立し、津久井(注・柾章)と吉行は古くからの牧野に従ったものの、雑誌は結果的に潰れた。つぎに牧野が見つけてきた新しい金主は浪花節の好きなゾッキ本屋の社長であった。主従は三世というところから、三世社という社名が付けられた。編集部は神田錦町にあるビルに移転し、ここで「講談讀切倶楽部」というA5判、三百頁前後の月刊誌を作った。野村胡堂、山本周五郎、山手樹一郎などの大衆文芸の第一線の作家が毎号執筆し、倶楽部系の雑誌としては、なかなかの充実ぶりであった。」

同時期刊行の『吉行淳之介全集』第15巻(平成10年12月10日・新潮社)収録「年譜」(青山毅・宮城まり子)によれば、吉行淳之介は昭和28年1月、三世社に辞表を提出し、翌年7月、「驟雨」で第31回芥川賞を受賞しているから、編集者として司馬遼太郎との接点はないが、「讀切倶楽部」がどうもあやしげではないか。

これらの行きつ戻りつの状況証拠とおのれの勘だけを頼りに、平成11年の正月休み明けを待ちかねて、直木賞受賞の前年の上半期、昭和34年1月から6月までに絞って、「讀切倶楽部」を所蔵する国立国会図書館に司馬作品の掲載の有無を照会したところ、第8巻第4号に「豪傑と小壺」の収載ありの吉報が届いた（この雑誌の現物を後日さる古書目録で入手）。同誌は昭和36年、第10巻第15号で廃刊のもようとの付記を添える念入りな返事に感服した。

創作意欲まんまんの司馬遼太郎の一大飛躍はにわかに訪れたのではなかった。

（三）『梟の城』で直木賞受賞のころ

『司馬遼太郎全集32』（昭和49年4月30日・文藝春秋）巻末年譜と併収する著者談話のなかで、司馬遼太郎は、直木賞受賞作『梟の城』（昭和34年9月20日・講談社）についてこんなふうに語っている。

「忍術使いという思いきって大衆的な人間たちを自分の考えているようなイマジネーションの世界で書こうと書き始めたのです。さし絵もない新聞小説でした。書きだすと、わりにおもしろい小説になってゆく。自分という作家はこういうタイプの小説家なのかと自己発見しました。（中略）

この小説を講談社が出版してくれたのはうれしかった。なにしろ無名でしたから一版しか出なかったとおもいますが、どうにか売切れたと聞いて、非常にうれしかったですね。

自分としては結婚記念日のような作品でした。」

実際には、第2刷（昭和35年2月5日）、第3刷（同年4月25日）、第4刷（同年5月30日）と順調に版を重ねている。それに、富士正晴の書評「歴史小説に新風」（「産経新聞」大阪版昭和34年9月29日付朝刊）、富士正晴が主宰する「VIKING」同人の島京子の書評「異形で高い文学」（「読売新聞」大阪版昭和34年10月5日付夕刊）といった後楯もあったし、「週刊文春」誌上でも、「風変りな受賞者―直木賞作家戸板と司馬の誕生」（昭和35年2月1日）、「新作家の登場―第四十二回直木賞授賞式」（同年2月22日。巻頭グラビア4ページ）とたてつづけに脚光をあびたが、今日から見るとびっくりするほどはでな扱いをうけたわけではなかった。

そもそも、版元刊行の「講談倶楽部」（昭和34年11月号）の「出版だより」（135ページ）では、山本周五郎の『五瓣の椿』（昭和34年9月20日）が新刊として大きく紹介され、同日発行の『梟の城』はその下に添えるかたちで広告されているにすぎない。

ましてや、第1作品集『白い歓喜天』（昭和33年7月1日・凡凡社）はおろか、『梟の城』発刊の年の暮に出版された第2作品集『大坂侍』（昭和34年12月25日・東方社）を先物買いした具眼の士を探しあてるのはたやすいことではなかった。

ところが、後年のことながら、司馬遼太郎の短篇作品の出来映えのよさを目ざとくみつけた目利きがちゃんと存在するのに気づいて、感心したものである。

のちに司馬遼太郎のひのき舞台の一つになる「オール讀物」に作品が載った最初は直木賞受賞第1作「黒格子の嫁」（昭和35年4月号）であるが、その直前の3月号に、どこのどなたの執筆なのか、『大坂侍』の味わい深い書評があらわれる。同誌における司馬遼太郎関連記事の初お目みえとなる。

当時、「オール讀物」に「新刊診断書」と銘打つしゃれた匿名書評欄があった。2ページ見開きで3冊取りあげ、それぞれを来診者に見立て、カルテの体裁よろしく、（経過）（診断）（処方箋）と趣向を凝らし、書物の診察を試みる。こんなぐあいである。

（経過）にいわく。「最近の大阪の喜劇攻勢はめざましい。東京もんはすっかりいかれて、い、い、しもた感じである。それらもろもろの可笑しみの母胎が、この本には漂っている。

徳川末期の大坂にはすでに封建制度は存在しなかった。商工農士といわれ、金が天下を支配し、氏素姓よりも甲斐性が尊敬されていた、そんな共和国大坂時代。

だから「忠義なんて、三河から東の田舎もんが江戸に持ちこんだ祭文だ。江戸じゃ五十万も侍がいて、お主のためなら腹も切るそうだが、侍がまるっきりいないにひとしい上方じゃ、主従もねえ、忠義もねえ、ただ男女のまことというものがある」なんて啖呵を主人に向って下男に云わせている、『和州長者』。

江戸出身の大坂侍が、ええ年をした大人のするこっちゃおまへんで、と諫められたのにもかかわらず、一人で力んで彰義隊に参加したものの、あんまり馬鹿々々しくなって逃出してきたら、待ちうけていたのは材木屋の婿の口だったという『大坂侍』は、武士だ武士だといっても、結局は大坂のあきんど達の掌の中で走り廻っているようなものだったというお話である。その他に『難波村の仇討』『法駕籠のご寮人さん』は何だか間の抜けた侍が商人にしてやられるお話。『盗賊と間者』は侍より泥棒の方が一枚上だったというお話。『泥棒名人』は江戸っ子が大坂人に一杯喰うお話。

どれも、適当なお色気とふんだんなユーモアが、終始飽かせずに読者を引きつける魅力となっている。陽気で楽しい小説集である。

(診断)はどうか。「大阪弁というものには江戸っ子は弱い。言葉に毒さえ抜いときゃなんぼ口汚のう云うても云う程親しみが増すもんや、とばかり侍を表面にその実江戸っ子をやっつけているのだが、どうもこうもえげつなくやんわりやられちゃ、「なにオッ!」と、お尻をまくる気にもならなくなる。流石は関西料理本場の出身だけあって、材料のよさとそれをこなす庖丁ならぬペンのさばき、そして程よい味つけは新人ながら心憎い程お見事だ。装幀乙」

（処方箋）がおしまいにすこしばかり。「テレビの口直しに是非これを一服。然し江戸っ子なら、もう一服ピリッとした口直しが欲しくなるかもしれない。」

いずれの箇所もはしょりようがない好短評に、参りましたと恐れ入るほかない。

司馬遼太郎自身はといえば、世評などおかまいなく、ひたすら書き進むのみであった。

そのあんばいはやがてはっきりするはずである。

（四）『風神の門』連載中のころ

司馬遼太郎の第3短篇集『最後の伊賀者』（昭和35年11月25日・文藝春秋新社）の重版本は見かけたことがないし、第4短篇集『果心居士の幻術』（昭和36年4月28日・新潮社）は、「神話の時代から幕末まで――歴史の中に埋もれた興味深い人物・事件を描いて、異様な雰囲気をただよわせ時代小説界に新風をおくる、直木賞作家の野心作集！」（帯の宣伝文）とうたうものの、2刷本の刊行は昭和39年10月15日になってのことである。この年、『竜馬がゆく』『燃えよ剣』『新選組血風録』と話題作の出版が相次ぎ、世間の関心が高まるのに歩調をあわせて再版されたと思われる。

つまり、直木賞受賞後、そこに到るまで、しばらくは静かな筆ならしの時期があったとうけとめてさしつかえないであろう。

じっくり勉強を重ね、ネタ帖の整理を怠らず、とことん想像力の翼を広げ、せきもあわてもせず、エンジン全開に備え気構えじゅうぶんであったと察知しうる悠然たる一文がのこる。日本文藝家協会編『昭和三十五年度 代表作時代小説』（昭和35年8月15日・東京文藝社）に「外法仏《げぼうとけ》」が初収録された際、作品に添える「外法仏について」（作者のことば）をのぞいてみよう。

「生活人としての私は、あくまでも怪奇趣味はないのであるが、小説の世界ではついそんなことを書いてしまうようである。理由はある。怪奇趣味をもった人間にありがちな精神の白濁や、屈折をながめるのが、私は好きなのだ。

たとえば、印度の婆羅門僧、日本の中世以前の密教僧、ペルシヤの幻術師、モンゴルのラマ僧、中世以前の魔法使い、錬金術師、いずれをとっても、人間精神のなかの珍種に属する。私のかぼそい知識のなかの、大事なコレクションなのである（もっとも、生活人としての私は、こういう連中とは、一さいつきあいたくはないのだが）。

外法使いも、私のコレクションのひとつである。外法とは外道と同じような意味で、仏法以外の祈禱術をいう。すでに奈良朝のころにあったが、貴族が怪奇譚を好んだ平安時代には、大いに民間のあいだで活躍した。猿の子や猫の頭の干しかためたものを本尊にして、自分の祈禱の霊験をあらわそうというのである。

本尊には、人間の頭が最上とされた。どの頭でもいいというのではなく、私の作品のなかに書いたような条件が必要なのだ。それを外法頭といった。外法使いたちは外法頭をもつ男をさがしまわり、生前に予約して死後それを頂戴して、ズシに入れて持ちあるく。頭の持主こそいい災難であった。（後略）」

同じころ、「オール讀物」（昭和36年1月号）の匿名書評欄「新刊診断書」が、先月号で紹介した『大坂侍』（昭和35年3月号）と同一人物の執筆かどうか断定しかねるけれど（ともに、果してどこのどなたやら）、軽やかであいそのある調子で、『最後の伊賀者』に親切な後押し役を買ってでているので、とくと鑑賞されたい。

（経過）は順調ですかな。「服部半蔵は偉かった。二代目は忍びの術すら知らない。それでいてお江戸に移住した伊賀同心二百を統べねばならん。出来っこありゃせん。ことに叛骨の塊、ヒダリには手を焼く。彼のいやがらせに二代目はまんまとはまっちまう。つまり頭に来ちまって権威を嵩に弾圧に乗り出すわけ。家来どもは忍びとはいえ、忍ぶにも程がありますヨね。そこで敢然とストライキの挙に出る。結果や如何にが『最後の伊賀者』。

忍術使いを飼っているお屋敷《すぐり》の娘さんは淫奔だった。めったやったらにくっついちまう。与次郎も被害者のひとり。彼は腕がいい。当然稼ぎもいい訳。だけれど搾取されるばかり、下忍の末路は目に見えている。そこで出奔する。因果は廻るとも知らない哀れなのが『下請忍者』。

　佐七はにっくきかるべき仇を探しあてた。が、すでに彼の心身はともに骨抜きの有様。相手はスケールも違うし、考え方一つにも圧倒されちまう。そこが相手のツケ目さネ。蛇に魅入られた蛙の如く、佐七はメデタクへたりこんじまうのが『黒格子の嫁』。

　イトはんは女傑らしい。惚れられた場合の戦法を一二〇%心得ておられる。時こそ異なれ二人の男に惚れられる。この男二人、全然出来が異なっていた。横綱クラスと幕下くらいに。幕下だって使いようはあろうサ。それその証拠に、このイトはん、二人を横綱は横綱ナミに巧みに使い分けちまう。いやまったくオドロキなのが『丹波屋の嬢さん』」

（診断）はまかせなさい。「ほか『けろりの道頓』『外法仏』計六篇を収めた短篇集。代議士諸先生とこと変り、地方から出馬し、そのまま地方に居住して、小説家としての声価を維持するには桁外れの天稟と並大抵でない努力が要る。司馬氏もそのよい例であろう。枠からハミ出した人間を描ききり、卑俗な、まアわれわれの共感を呼ぶ匹夫を、見事紙上に活写して下さる。土性骨があるのでしょう。ソイツの坐らぬ輩のやりきれなさにも憐憫の情を垂れて下さる。『けろり』と『外法仏』が殊に読ませる。装幀甲。」

（処方箋）も念入りです。「アマリにすらすら読めすぎる。少しはドキリとさせて下さいな。ストレスがいっぱいの方々よ、まア読んでごらん。」

『大坂侍』評のときと同様、あえて全文引用を試みたのは、省略する気にさせない的確検診の存在をないがしろにしたくなかったからで、司馬遼太郎は心おきなく仕事に打ちこんでよさそうである。

（五）『竜馬がゆく』連載開始直前のころ

日本文藝家協会編『代表作時代小説』（東京文藝社）は、昭和30年度から刊行が始まったアンソロジーだが、司馬遼太郎作品は昭和35年度から45年度までは毎年度、そして48年度と50年度にも収録をみるものの、以後の採録はない。この事実が、司馬遼太郎が力をこめて短篇を創作した時期とほぼ一致することは、容易に察知できるであろう。所収作品は以下のとおりである（括弧内は年度。昭和42年度分まで、作品の前に「作者のことば」を記す）。「外法仏《げぼうとけ》」（35）「飛び加藤」（36）「大夫殿坂《たゆうどのざか》」（37）「割って、城を」（38）「斬ってはみたが」（39）「倉敷の若旦那」（40）「アームストロング砲」（41）「美濃浪人」（42）「小室某覚書」（43）「故郷忘じがたく候」（44）「重庵の転々」（45）「大楽源太郎の生死」（48）「ある会津人のこと」（50。小説ではなくエッセイ）。

あまたの短篇を世に送りだした当時の日常生活のあらましはどうであったのか。尾崎一雄や井伏鱒二の作品の愛読者でありながら、身辺雑記はどうも苦手でと逃げ口上に終始しがちだったとはいえ、司馬遼太郎自身の肉声が皆無であるわけではない。初出紙誌に載ったきりで埋もれたままになっている逸文のほこりを払って、そのころの暮しぶりの一端にふれてみるのもわるくないであろう。いっぺんに収めきれないので、つづき物になるのを許されたい。

「上方《かみがた》住まいの弁」（「毎日新聞」大阪版昭和37年12月20日付夕刊）に耳を傾けてみよう。

「塗師が仏壇問屋の近所に住まうようなもので、小説家は出版社のある東京に住むのが明治以来の慣習になっている。（中略）

私などの場合、東京に住めば、作家、編集者といった、ちゃんとしたインテリ以外に知人がない。この人達と日夜つきあって、平均化された知的会話をかわし、文壇消息を交換しあったところで、私の場合、小説の発想には役だたない。その点、この大阪に住んでいれば、うまれて育って、勤めをした土地だから、いろんな善人悪人（?）を知っている。とくに悪人ばらがおもしろい。泥棒をしていた人もいるし、小さな詐欺ばかりをやっている一種の善人もいるし、かと思うと、勇壮苛烈に自分を善人だと思いこんでいる悪い奴もいる。これらの人が、私を小説書きだとは思わずにつきあってくれて、オダをあげてくれる。

私は時代小説の書き手だから、かれらの着ているコスチュームはいらないのだが、かれらの人間は、必要なのである。これは四六時中必要で、文献ばかりでは小説は書けない。

（中略）

そのうえ、作家としての営業上の機能からいうと、大阪住まいは近ごろは大変便利で、電話も東京と直通だし、用事があれば飛行機で一時間で東京へゆける。武州、相州のへんぴな所に住んでいるよりも、はるかに機能的な小説家の居住区だと思う。まあ、理由といえばそんなところです。―それよりも本音は、東京がきらいやからや。」

大阪よいとこの気安さは、同じ年の初夏に書いた「やっぱり牛肉やな」（「近ごろ食べたおいしいもの」〈「週刊朝日」昭和37年6月8日〉）にも明らかで、正統派うまいもん談義をたのしんでいる。

「大阪に住んでいると、舌が発達しない。それに、この町のたいていのひとは、味覚に関する話題にはいたって不熱心で、どこのなにがうまいか、という知識になると、きわめて貧困なのである。

火山灰地のために野菜のまずい関東で食通文化が発達し、腐植土と瀬戸内海のおかげで、材料の質にめぐまれている関西でそういう話題が発達しなかったのは、おもしろい。「はて、ちかごろなにがうまかったかな」と思案し、考えあぐねたあげく、「やっぱり、この町の牛肉やな」とおもった。

東京や地方に旅行して大阪へ帰ってくると、毎度のことだが、とびつくようにしてこの町の牛肉を食う。

牛肉などといえば、どうも平凡で恐縮だが、大阪と神戸の牛肉ほど、やすくてうまいものはない。

大阪へきた人に、うまいものは、などときかれると、「なにがどうというても、この町の名物は牛肉や」と教えることにしている。（後略）」

この舌鼓のうちどころは終生変らなかったようだが、お酒のほうはどうか。

「十一番目の志士」（昭和40年10月18日〜41年11月21日、57回）を連載中の折から、「週刊文春」（昭和41年3月28日）に掲載された「七人の酒徒《サムライ》」（同誌に連載物をもっていた松本清張、丹羽文雄、司馬遼太郎、安岡章太郎、黒岩重吾、戸川昌子、山口瞳がこの順に勢揃い）と題するカラー広告グラビア（洋服着用で日本刀を携える司馬遼太郎の立姿一葉）に添える一文がアルコールとのつきあいをさらりと伝える。

「豪酒家をうらやましく思いつつも、ダブルで四杯が限度である。多少の劣等感が、若いころからある。

古来のゴーケツも、織田信長、後藤又兵衛、近藤勇などは、ほとんど酒が飲めなかった。かれらもおそらく仲間や家来の豪酒家をうらやましく思っていたのではないか。

さしたることもないくせに、学生のころからウイスキーを飲み、兵隊のころは酔って一里の吹雪のなかを歩いて帰る途中、軍刀をなくした。百円の昭和刀だった。（後略）」

山片蟠桃賞贈呈式終了後の懇親会の席で、ウイスキーのお湯割りをほどよく味わいながら、ローストビーフサンドをほおばっていた元気な顔がとてもなつかしい。

あとは次回に。

（六）『竜馬がゆく』連載開始のころ

「講談倶楽部」に4回連載（昭和37年9月〜12月）されたところで、同誌が休刊となったため、加筆のうえ刊行との予告まで載りながら、司馬遼太郎が筆をおいてしまった長篇「剣風百里」の連載第1回（編集後記の一節に「作者は、〝面白くてたまらない時代小説にしてみたい……〟と、非常に意気込んでいます」とある）と同じ号の巻頭グラビア「ある日ある時」を見すごしてはならないだろう。

大阪の街なかでのみどり夫人とのスナップに添える小文にこんな述懐がみえる。

「つかれると、中学生のころからの習慣で、三日に一度は道頓堀筋を西から東へ、心斎橋筋を南から北へあるいてみる。

この写真をとってもらった日、途中、戎橋をわたりおわったころ、視界がへんにゆらゆら動いていることに気づき、

『近視め、度がつよくなりおったか』

とおどろいて心斎橋の大学堂に立ちよると、

『大将、わずかに老眼が入っておりますですな』

と宣告された。おどろいている。」

司馬遼太郎、当時39歳。さりげない書きぶりだが、老いの徴候に敏感になっているのは明らかである。

とはいうものの、晩年に到っても、「諸事億劫《おっくう》で――私のことである――このため人間ドックに入ったり、定期検査などをうけたことがない」（「春灯雑記 この人 安住先生のこと」〈「月刊 Asahi」平成3年6月号〉）と打明けているくらいだから、そもそも司馬遼太郎の健康法はなんであったのかと考えこまざるをえない。

しかし、「坂の上の雲」の連載が佳境に入りつつあったころ、司馬遼太郎がふだん着のままで親近感あふれる文章をのこしているのにめぐりあえるのは幸運というほかない。題して「運動」（「婦人生活」昭和45年3月号〈話の広場〉欄）。

「「なにか運動をなさっていますか」

と、よくきかれる。きかれるたびに無能な愛想笑いをうかべて、

「いいえ」

と、答える。（中略）四十半ばをすぎるとその諸条件に適合した運動などめったにあるものではない。まあゴルフだという。しかしこの競技は一種階層性めいた色あいが濃厚で、多少の抵抗がある。ボウリングなどもおもしろそうで、げんに近所のそういう施設に二三度行ったことがあるが、ボウルをほうったあと原稿を書くと手がふるえてついそれでやめてしまった。（中略）

ヨガ体操というのもよさそうで、三四回やったことがある。ところがこれは体操というより体操化された哲学で、実行中さかんに哲学を聴かされるために参ってしまい、結局はやめた。（中略）

つまるところ、私のような無芸で社会性にとぼしい人間にとっては、歩くことしかないようである。

そこで四十を越えてから、毎日一キロ半ぐらいを歩くことにした。はじめは深夜、仕事をおわってから、散歩に出た。

速歩であるくほうがいいと思い、運動靴を買ってきてできるだけ早いスピードであるいた。深夜、人通りの絶えた裏町をいかにも目的ありげに歩を進めていると、パトロール中

の交番の巡査にあやしまれて、百米ばかり尾行されたことがある。（中略）

「泥棒とちがうでぇ」

と、念のために言っておいた。若い警官はうなずいたが、しかし気のゆるさぬ顔をしていた。

このせいでもないが、いつのほどか散歩は昼にきりかえた。真夏は、帽子が要る。このための適当な帽子が世間には存在しないことがわかった。やむなく西瓜売りがかぶっている経木帽をかぶってあるくが、これはつば広のため風に吹っ飛ばされることがある。あるとき、三四才の男の児が何人かであそんでいる路傍にさしかかると、突風が吹いて帽子が飛んだ。ついでながら私は三十ごろから頭が白く、四十六のいまは見るもむざんなシラガ頭で、帽子が飛んだためにそれが露呈した。

「あっ、シロ毛」

と、幼児の一人が仰天したような顔で、私の頭を指さし、いそいで仲間におしえた。このこどもにすれば、人間の中に犬と同様、髪の毛の白いやつがいるというのをはじめて知ったにちがいない。まるで怪獣でもみるような気味わるげな表情をしたのが、きわめて不愉快であった。

どうも運動というのは、ただ歩くだけのことでも苦労の多いものである。」

山崎正和の司馬遼太郎への哀辞「風のように去った人」(「文藝春秋」平成8年4月号)の末尾近くの明敏な指摘が、今回紹介した文章の内容と照応していることはいうまでもないであろう。

「私はいくつかの挿話から、司馬さんが早くから自己の老いと死を先取りしながら生きてきた人物だったと信じています。四十代の後半から司馬さんの頭を飾ったあの白髪それ自体、老いと死の先取りの象徴であったのではないでしょうか。二十余年もまえ、司馬さんはある座談の席で、まだ三十代の私にむかって、老眼鏡を早くかけることを薦めてくれました。また仕事のうえで夜型だった私に、やがて歳をとると昼は気力が湧かず、夜は体力が失われ何も書けなくなるよ、と笑って話してくれたことも思いだされます。このエピソードもまた、司馬さんが若くして老いと死を自己の中に見つめながら、いわばそれを先廻りして生きてきたことの表れのような気がしてならないのです。」

（七）『燃えよ剣』連載中のころ

昭和37年5月、「新選組血風録」（「小説中央公論」）が快調にすべりだし、11月後半、「燃えよ剣」（「週刊文春」）を世に問うや、またたくまに絶讃の波がおしよせたが、このころになると、司馬遼太郎は、筆の進み具合がなめらかすぎて、こわいくらい仕事がはかどったにちがいない。

わけても、初の全国紙連載長篇「竜馬がゆく」の登場には、短篇執筆の練達ぶりとあいまって、さっそうたるものがあった。この作品ゆかりの筆録を忘れずに書きとめておくことは、幕末維新期を舞台とする短篇理解に多少とも役立つはずである。

「竜馬がゆく」（「産経新聞」大阪版夕刊昭和37年6月21日〜41年5月19日）の連載予告記事（昭和37年6月16日付大阪版夕刊）に収める「作者のことば」に記す。

「わたくしは、日本史の人物のなかで、坂本竜馬ほど、男としての魅力にとんだ存在はないとおもうのだが、どうだろう。

この底ぬけに明るい、しかも、行くとして可ならざることのなかった、カンのいいひとりの天才をかきたい。

先日、竜馬がうまれた土佐の高知へゆき、桂浜まで足をのばしてみた。そこにこの男の銅像が立っている。よれよれのハカマをはき、右手をふところに入れ、浜の風に髪をそそけだたせながら、目をほそめてはるかに太平洋の水平線をながめているたくましい立像だが、土地のひとにきくと、過年、中国の訪日視察団が、わざわざこの像をみるために土佐へきたという。そのうちの何人かは、見あげながら涙をこぼしたという。異邦のひとにさえこの男は、感じさせるなにかをもっている。

その魅力が、なにであるかを、わたくしはこの小説をかきながら、読者とともに考えてゆきたい。きっと楽しい読み物になるだろうという自信はある。」

連載開始後最初の正月、歳の初めのためしとて、威勢がよくて志のあるお年玉を読者に届けている。「英雄の嘆き―架空会見記」（「産経新聞」大阪版昭和38年1月3日付朝刊）に寄せた「若者よ生命賭して―坂本竜馬」である（山岡荘八「詭道用うべからず―徳川家康」、武田泰淳「見苦し！この争い―親鸞上人」、三島由紀夫「贋作東京二十不孝―井原西鶴」と併載）。

「「わしは、な、諸君」と、竜馬はいった。

「全学連もええし、六本木にたむろしちょる不良どもも、ええと思うちょる。若さというもんは、所在ないもんじゃ。しかし、おなじ始末におえぬエネルギーなら、もっと利口なことに向けられぬものか」

「わしは銀座を歩いたり、本郷の構内に入ったり、六本木のナイト・クラブですわったり、信州のスキー場へ行ったりして、いまの若い連中をつぶさにみた。桂小五郎に似たやつもいたし、近藤勇にそっくりのやつも見たし、西郷隆盛に似たやつもみた。ところが、それぞれ、どこか空しい顔をしちょる」

「それァ、どこか。一つみつけた。どの若者もこの若者も、遊びかたを知らん」

竜馬は、ここでちょっと考え、（自分のことをいうのは気はずかしいが、と、かれの青春のころの挿話を持ちだした）。

海援隊のころの話である。（中略）

——みんなを食わせる。

というのが竜馬の主義で、その最終の理想が、

——おれが日本を食わせる。

ということだった。

「これが、いちばんおもしろい」

と、いまも竜馬はいう。

「全学連もええ、山登りもええ、プレイ・ボーイもええが、かれらが致命的に空虚なのは、あれは消耗しちょるだけじゃ。消費だけの青春だし、消費だけの理想だからだ。なぜ儲けんか。私慾をこやすために儲けるのは、だんだん精神が貧相になっていっておもしろくないが、日本人を食わせるために儲ける、となれば、これは情熱の火力がちがってくるぞ。おもしろくておもしろくてたまらんようになるぞ」

「全学連諸君」竜馬がいう。「お前《まん》らが、わしら維新で働らいた連中とちがうところは、命が安全じゃ。命を賭けずに論議をし、集団のかげで事をはかり、つねに責任や危険を狭猾に分散させちょる。やっぱり、お前らは、武士じゃない。これはくわしくいいたいが、時間がない。もそっとききたければ高知郊外桂浜まで、足労ねがおう」

「ところで、お前らいつも天下国家を考えて、そこから自分のプランを練ってみろ。きっと、奇想天外なものができあがる。わしの海援隊のようなもので、無私になって考えると、奇策が湧く。これは秘訣じゃ」（中略）青春とは、こういうことを考える時期だ、ということを、竜馬にかわって筆者はいっておこう。」

「オール讀物」（昭和38年9月号）の匿名書評欄「新刊診断書」は『竜馬がゆく 立志篇』（昭和38年7月10日・文藝春秋新社）が上梓されると、すばやく問診にのぞんで、頼もしげに聴診器をあてている。

（経過）は本書を読めばわかるので割愛。

（診断）に眼を移すと、「（前略）ドン竜馬に配するにサンチョ藤兵衛、ドウネシアお田鶴《たず》と、まことに心憎いほど、ゆるぎのない健康体である。（中略）〈注・竜馬が〉どんな「人づくり」法で幕末の大立物になったのか。この秘法が判明すれば「拝啓池田総理殿」と、担当医も一筆呈上できよう。（後略）」

（処方箋）やいかに。「これほど一人物に傾倒して、豊富な資料と綿密な調査を駆使した新患は珍しい。完結するまで症状をゆっくり研究すべし。」

（八）『国盗り物語』連載開始のころ

司馬遼太郎が、大阪市西区西長堀のマンモスアパートから布施市（現・東大阪市）中小阪の旧宅に転居したのは、昭和39年3月のことである。

「オール讀物」（昭和39年7月号）の新刊名店街「文春出版横丁」の「作家シリーズ・司馬遼太郎氏の巻」欄に、ひと口談話を交えたこんなコラムが載る。

「朝、新聞をとりに外へ出た途端、どうしたはずみか錠がかかった。大声をあげるわけにもいかずガラス戸を破って泥棒よろしくこっそり家の中へ入りこんだ。「やっぱりアパートの方がええ」布施市の新居にうつった司馬遼太郎さんのボヤキである。」

慣れない新生活をかこっているかにみえるが、これよりすこし前、「連載ものは週刊誌が三本、新聞が二本、月刊誌が一本、ほかに中短編が二百八十枚、計七百枚以上というのが昨年十一月の作品量」（「新・人國記―大阪府〈前編③釜ヶ崎〉」〈「朝日新聞」大阪版昭和39

年4月19日付夕刊〉）であったというから、すさまじい。

「穴倉の感じでありたくない」（「ブッククラブ情報」第3号〈昭和45年12月1日〉巻頭グラビア「私の書斎」。書斎で机に向かう著者のスナップ一葉併載）が文筆活動にたいする心構えの一端を伝える。

「私の家は、友人の神野章という建築家が設計してくれてもう十年経つ。かれの設計についてなんの不足もないが、書斎だけは私の主観とわずかに適わなかった。

普通、書斎という概念にはそこにすわれば心気鎮まって陰々（?）たる思索の姿勢に入れるというものらしく、友人もそのために光線のやわらかい北窓に机を置き、柱も書棚も茶色にした。が、私の主観ではできるだけ穴倉の感じでありたくないため、机を南の開口部に置き、書棚に白ペンキを塗り、机も四角でなく雲形の不整形なものを自分で設計し、その材も、肌色のあかるい桜を用いた。このほうが、頭の衛生によさそうだとおもったのである。」

明るいことはいいことだ、とひまわり心がはじけんばかりのこの臨戦態勢は、生涯を貫く司馬工房の一大特色であった。

引越しのてんやわんやにまきこまれてなるものかというわけでもあるまいが、昭和38年中に雑誌連載を終えていた、なめらかな筆の流れに酔いしれるほかない連作集が『新選組血風録』（昭和39年4月8日・中央公論社）である。

冒頭でふれた「オール讀物」と同じ号の匿名書評欄「新刊行案内」（「新刊診断書」は昭和38年12月号まで。39年はこの表題。40年から3年間は「新刊カルテ」に模様替え）が親切に観光ガイドを試みている。

（コース）の見通しは。「勤王の浪士たちに、鬼と恐れられた新選組。その新選組も所詮は人間の集り、士道に徹した規律のかげに個々の生い立ち、覚悟、未練が、さまざまな形で動いている。／その心の奥深くわけ入り、その心のひだをさわやかに描きあげたのがこの短篇集だ。／ここにあるのは、猛々しく、やさしく、哀しく、はかない男たちの心である。／たとえば、沖田総司。／この新選組切っての剣の手だれ、人斬りの名手は、まだ紅顔の匂う無邪気な若者だ。しかし、妙な咳をする。／労咳ではないか——と気づいたのは土方歳三である。近藤勇も土方も、総司とは同郷同門、この若者に実の弟のような愛情を感じている。／「医者へ行け」とすすめたが、総司は笑うだけだった。しかし、二人が忘れていると、こっそり医者に通いはじめた。通いはじめてすぐ、恋をした。医者の娘にである。／娘は八の日に音羽の滝へ行く。総司もその日に滝を見にゆく。さりげない言葉をかわし合う。それだけだ。それだけで、充分満足だった。それ以上は望んでいない。／しかし、この恋を知った近藤は、この男らしい実直さで、いきなり医者に娘を総司の嫁にと申し込む。断わられた。血なまぐさい新選組の隊士は良縁の相手ではない。その返事を聞かされて、総司は「ちがう」と思った。結婚なんて、望んでなかった。この気持は誰にもわからない。／その夜、総司は音羽の滝へ行った。おそくまで、そこを去らなかった。」

（名勝）散策は快適だろうか。「これは、この作者独特のスタイルで語りかける、男の物語りである。十五篇が収録されているが、その各篇いずれも才気に充ち、同時に、これを通読すれば、自《おのずか》ら新選組全体がひとつのイメージとして浮かんでくる。あたたかい血の通った新選組である。」

（宿泊地）はどこに。「池田屋等著名ホテルが軒を並べ、お土産には、虎徹、菊一文字の掘出物あり。士道不徹底の恐妻族歓迎。外装　上級〈注・挿画は風間完〉。」

（歌碑にいわく）には微笑み返しを。「しばらくは、不漁だろうとうち笑い、虎徹に見入る面ずれの顔」（傍点は原文のまま）

　気晴しに筆をとりかえて書いたはずの「ニセモノ進呈」（「毎日グラフ」昭和39年9月13日。「私のちょっとぜいたく」）、「日本刀のすべて展」に寄せた「短刀の話―日本刀は人の心を感じさせる美術品」（「毎日新聞」大阪版昭和41年5月3日付夕刊）も記憶しておきたい。前者は、京都先斗町《ぽんとちょう》の飲み屋で秋山庄太郎に「沖田総司の短刀」をもらった返礼に、「正宗作、楠正成所持」という兜《かぶと》割り（司馬の説明によると、「組み打ちのときに相手のカブトにぐわんとくらわすすごい武器」）を贈って、古人のいたずらをたのしむ話。後者では、前者の話題を枕に、沖田総司所持の短刀の真贋をめぐるおもしろ後日談をひとくさり。

両エッセイを読み比べてみて、「作り話」のあざやかさに舌をまくのみである。

（九）『功名が辻』連載中のころ

昭和30年代の終りから40年代の半ば近くにかけて、司馬遼太郎の仕事の比重が長篇へと移行しかけ、執筆機動力が全開の様相を呈するようになったからといって、創作に沈潜し、世相への関心をおろそかにする気配は、まるでなかった。言論人の嗅覚に従い、注文に応じて、自己の想念をざっくばらんに書いた文章で顧みられないままのものがいくつかのこっている。その範例を2つばかり抄録しておきたい。

昭和39年7月10日午前、自由民主党第14回臨時党大会が東京小石川の文京公会堂で開かれ、総裁選挙が行われた結果、池田勇人（1899～1965）首相が第1回投票で過半数を上回り、佐藤栄作（1901～75）、藤山愛一郎（1898～1985）両候補を退けて3たび総裁に選ばれた。その折の取材記録が「私には解らない――自民党大会を傍聴して」（「産経新聞」大阪版同日付夕刊）である。

「新聞の一面などはめったにみたことがないが、そういう世間痴のわたくしでも、さすがにこんどの自民党の総裁をきめる選挙の記事だけはずっと読んできた。なにしろ、敵味方の双方とも、相手を指さして「あいつがなれば国がつぶれる」と言いあってきたものだ。それほど国をつぶしかねないやつが総裁になりたがっているのか、とおかしかった。そういう興味である。（中略）

「池田派に〝忍者〟三十余人を送りこんでいます。これがいざ投票のときに寝がえることになっている」のだそうだ。忍者てのは両派から金をもらってすましこんでいる人非人のことだそうで、「問題は、忍者がどっちへ寝返るかということですよ」と、ひとが教えてくれた。ばかな話さ。そういうえたいの知れぬ群れに、この瞬間、国運がかっているということではないか。（中略）

池田派が勝った。大向こう、騒然とするかと思ったが、会場は意外にシーンとしている。会場を出るとき、負けた佐藤派の代議士の一人に出あった。ニコニコしている。

そのニコニコがわからなくて、わたくしの案内人にそっと質問した。「この人はなぜ笑っているのです」「さあわかりませんな」と案内人もくびをふり、「政治はしょせんこのニコニコでしょうな」と、コンニャク問答のような答えをした。」

この現場に誘ったのは、新聞社でのかつての後輩で、東京転勤後も政治記者であった俵孝太郎である。「人物クロッキー・司馬遼太郎」（「今週の日本」昭和47年5月14日）で、「司馬遼太郎―本名福田定一氏」との大阪本社時代の想い出を寸描したあと、こんな回想を明している。

「（前略）一回だけいっしょに仕事をした。昭和三十九年の池田三選、あの池田・佐藤対決の自民党総裁公選のとき、すでに退社して『竜馬がゆく』を産経新聞に連載していた福田さんをわずらわし、印象記を書いてもらうことになって、案内役をつとめたのである。一本釣り、忍者部隊などの流行語を生んだ芳しからぬ総裁選だったことも事実だが、心安さもあって、わたしはふつうなら直情的な作家には教えないウラのウラまで、福田さんに話した。そのせいかどうかは知らぬが、福田さんの書いた原稿はきわめてきびしいもので、わたしは部長から〝あんまりホントのことを教えるからだ〟と怒鳴られたものである。（後略）」

昭和43年の年頭所感も、忘却のかなたに捨てさるには惜しい逸文である。「無私の精神―明治維新と私ども」（「岐阜日日新聞」昭和43年1月1日付朝刊。1月11日にかけて共同通信社から同紙ほか地方紙への配信）で力説している。

「ことしは、明治百年になるという。その記念行事が政府の手で催されるというが、まことに結構というほかない。〈注・10月23日、明治百年記念式典が日本武道館で開催。社会党と共産党の議員は欠席〉

ただこまるのは、

「維新を仕とげた若者たちにくらべて現代の若者はなんと懦弱《だ》であることか。まことに慨嘆にたえない」

ということである。このことばが若者自身の口から出る場合は事情はちがうが、政治家や、右翼めかしい〈本当の右翼も左翼も、いまの日本にはない、現代日本の本質のひとつでさえある〉老人たちが、漢語まじりで慨嘆することである。（中略）

おなじ日本史上の変革でも、近世初頭においておこった関ケ原の乱は一から十まで利益集団の利害の相剋《そうこく》であり、そこにはなんの理想もない。両軍をうごかしているものは打算の精神であり、事情であり、それだけに関ケ原は多分に小説になりうる面があるが、明治維新にはその要素がきわめてすくなく、理想がひとびとを勇奮せしめるという、理想のにがてな日本史の日本人にとっては稀有《けう》といっていい時代である。なるほど、維新のばあいも薩長両藩の藩益という意識はあったであろう。しかし平明な目でその事態をみてやれば、

その要素は理想追求のエネルギーの火にはなったとしても利益追求というなまなものでは決してない。（中略）

政治家たちはこれを機に明治百年祭の気分を盛りあげてゆこうとしている。はじめにいったようにまことに結構ではあるが、いま一度、政治家をふくめてのわれわれ日本人が、政治とはなにかということをこれを機会に考えてみることが第一の大事であろう。政治というのは、たとえば物価があがっていることに対し、政治家がおのれの利害をわすれて血みどろになってそれを下げることである。野菜の値段一つをさげようとするだけでも、その流通機構からすさまじい反発をうけ、そのために政府が倒れ、政治家が落選することすら十分ありうるのだが、そのように血みどろになる精神こそ、明治維新の精神なのである。（後略）」

いずれの文章も、もはやとうが立っているとあしらいきれない静かな熱気を帯びているように思われてならない。

（十）『義経』連載中のころ

「国盗り物語」を書き終え、「新史 太閤記」の連載が軌道にのりだし、「豊臣家の人々」の連載開始に先立つことふた月足らずのころ、ここらで一服、円熟の小休止というべきか、4回連載した「人を採る話」（「産経新聞」大阪版朝刊昭和41年7月11日〜8月2日、毎週1回。東京版夕刊7月12日〜19日、ほぼ隔日）において、司馬遼太郎は、多年の関心事の一つである戦国武将の心のひだにわけ入り、特異な人物批評をくりひろげて余すところがない。

織田信長の人間観の解剖から筆を起す。こまぎれ引用となるが、諒とされたい。

「（前略）信長が、秀吉や家康にまさるところは、その功利主義が強烈な美意識でつらぬかれている点であろう。（中略）

かれがその家来を遇する方法を見ていると、かれらを道具としてしかみていない。（中略）

その点、秀吉は自分を信長の道具にすることができた。意識して自分を信長の道具として訓練し、道具になりきっていた。（中略）

信長は人物を見ぬく特別な目をもっていた。（中略）秀吉もおなじであった。が、秀吉よりも信長のほうがすぐれているのは、その掘りだした土くれのような道具を、教育し、試煉し、ついには道具自身が思ってもいなかったみごとな利器に仕立てあげる点であった。（中略）

信長は世評に、無慈悲であるという。しかし信長にとって問題なのは慈悲などという要素ではない。美であった。道具美、組織美をこの男はわれをわすれるような夢中さで愛した。（後略）」

信長、秀吉、家康の「美意識」のより綿密な比較考察が次にくる。戦国期の人物群像を活写したあまたの作品のタネ明し目撃とはいわないまでも、名人上手の仕事場の備忘録を垣間見たかのような錯覚にとらわれかねない。

「（前略）信長は、その工芸品に対する好みが明快であったように、人間に対する好みも明快であった。（中略）小瀬甫庵《おぜほあん》の太閤記には、「信長公が好いた武士は、すなおにして正しく、武勇に長じ、人柄ののびのびした人物である」とある。（中略）

秀吉は、信長に仕えて以来、信長の明色ごのみにあわせようとした。秀吉の性格のあかるさは先天的なものか、信長につかえて懸命につくりあげた後天的なものか、多分に疑問のあるところである。たとえ先天的であるにしても、それにみがきをかけ、自己演出をかさねることによって格別なあかるさをつくりあげたものにちがいない。（中略）

秀吉は、のちに天下をとった。というより織田家の天下を相続した。豊臣家は草創の政権ではなく、二代目であった。二代目の矛盾をことごとくもっていた。

まずおもな大名は、織田家から相続した者どもであった。かれは旧同僚を従えて関白になり、豊臣の姓を創設したが、それだけにかれが不幸であったのは、信長のような、自分の好みによる家臣団をつくれぬことであった。秀吉はもともと信長ほどの鮮烈きわまりない美意識をもたぬ人間であったが、たとえあっても、それをかれの配下の人間どもに適用できぬ不自由さがあった。かれの配下は、（中略）いわば信長の既製品であった。かつ、その既製品たちの機嫌をとらねばならない。秀吉の政権は、その既製品たちに推戴され、その盟主になることによって成立したものだからである。

自然、秀吉は「好みなし」という自分を天下に印象づける以外になかった。秀吉の寛大さ、大度さ、清も濁も味方も敵もあわせ呑むような気概は、気概というよりも政治的にやむをえなかったからであり、そのおおらかな対人間美意識は、おおらかというよりも、美意識を無にしなければ天下がおさまらなかったからである。それらができた点が、秀吉の天才性が歴史のなかで屹立《きつりつ》している点であろう。

しかし、右のような対人間美意識の不統一さ、混沌ぶり、あるいは支離滅裂さが、豊臣政権の家風であったといえる。この不統一、混乱、混濁が、秀吉が生きているあいだは、秀吉の人格において統一され、押えられ、ゆるぎもしなかった。しかし秀吉の死によって本来の混乱の姿にもどった。関ケ原の騒ぎは、この点からみても、おこるべくしておこったものである。

乱後、勝利側に立った諸大名は、織田・豊臣時代とはまったくちがう質実な色合いを、江戸政権にむかってみせた。家康の人好みがそうであったからである。家康のそのいかにも農民ふうな地味で堅牢な美意識は、それはそれなりに頑固なものであっただけに、人人はそれにあわせ、江戸時代の統一と泰平をつくった。

そのものが、つまり美意識が、あるのがいいのか、ないほうがいいのか、いずれが利である、ということを結論に言いたくてこの稿を書いているのではない。ただこの機微のおもしろさを感じたので、書いているだけである。」

さらに加えて、後藤又兵衛と塙《ばん》団右衛門における、自滅を覚悟のうえでの自己表現の貫徹に一掬の同情を寄せ、「武蔵の猟官運動」にちなんで、人の才能評価のむずかしさに思索をめぐらせ、連載を閉じている。

前者は、『おお、大砲』所収短篇（「短篇全集」④）、後者は、「真説宮本武蔵」（「短篇全集」⑤）「宮本武蔵」（「全集」⑫）を参照されたい。

ことほどさように、司馬作品館には玄妙な遊歩道が完備されているため、その気になればいつでも快読散歩が可能である。

(十一)『坂の上の雲』連載中のころ

『燃えよ剣』(昭和39年3月20日・文藝春秋新社)の「あとがき」冒頭における、「男の典型を一つずつ書いてゆきたい。そういう動機で私は小説書きになったような気がする」という司馬遼太郎の自己再確認にも似たことばがひとり歩きしたからか。

それとも、そのほぼ10年後、「國文學・特集 松本清張と司馬遼太郎」(昭和48年6月号)所収「自分の作品について」のなかほどにみえる、「男という、女の人生からみれば根無し草のような存在を書きつづけてきたように思う。女というのは愛に全身をゆだねて子を生み子を育てるという、ただそれを思うだけでも生命の粘液が匂い立つのを感ずるほどに人生に密着した存在である」などという念押しふうの述懐が説得力をもってしまったからか。

いずれにせよ、うそかまことか、女性描写は司馬遼太郎の泣きどころ、との風評がいつしか流布して久しいように思われる。

ところが、執筆開始当初から、いじらしくて、しっかり者の女性を、ふくよかに、はかなげに書きとめた作品が珍しくないのは、具体例をあげるまでもなく、『司馬遼太郎短篇全集』を通読すれば、おのずと腑に落ちるはずである。

作品鑑賞のための艶のある補助線となることを願って、司馬風味の女人がたりの断章を拾い集めておきたい。

「女らしさ・女臭さ」(「朝日新聞」大阪版昭和39年1月18日付朝刊。「女性」欄の「男からみれば」)できっぱり。

「女らしいのは大好きですが、女臭いのは大きらいです。(中略)スカートの短すぎるお嬢さんが、公務を帯びて私の目の前にすわっている。(中略)話のあいま、あいまに、しきりとヒザ小僧を気にして、スカートをひっぱられる。まったく、こちらは迷惑である。痴漢に思われているのではないかと被害妄想《もうそう》にかかってしまう。(中略)

ヒザ小僧をチョクチョクかくすのも女性のたしなみでありましょうが、それはわかるのですけれども、自意識過剰のかたちで、それが出ては「女らしさ」が「女臭さ」になります。

つまり意識の底で、全男性が自分に興味をもっていると思いこんでいる。それが無意識にそのしぐさに出る。それを感じさせられる側の男性の心境を大阪弁で表現すると、「アホくさ」ということになります。（後略）」

同じころ、昭和39年2月、「慶応長崎事件」（『短篇全集』⑨）と併載された、矢野八朗〈エッセイスト村島健一のこの欄限りのペンネーム。『文藝春秋の八十五年』〈平成18年12月10日・非売品〉189ページ〉「司馬遼太郎との一時間――女性的時代と謂われる今日、ボクは断乎男性的小説を書く―四十歳の抵抗―」（「オール讀物」昭和39年新春特大号）の出だしの「ショート小答」から、ちょっぴりきわどい評言もまぎれこんだりする小粋なやりとりをいくつか。

「（前略）――女のからだで、好きなプロポーションは？

（ジックリ考えてから）「体格検査的な要素って、そう目につきませんわ」（篤実に）「それよりか、頭が絶壁のや、唇の薄いのが、先に気になりますね」

――ほんとうに清浄《せいじょう》無垢《むく》だ、と賛嘆するものは？

（上目使いで）「人間ですけど」（確かめるように）「質のいい、私立の、女子高校の、一年生で、輝いている若さの、子がいますね」（中略）

――情事直後の女性を見て、そうと看破《かんぱ》できるか？

（腕組み。気むずかしく）「当たらないでしょうね。女はもっと変幻自在なんじゃないですか」（後略）」

「この人と一週間・司馬遼太郎は男でござる」（「週刊文春」昭和42年12月4日）の取材記者（無署名）は、下調べの際、右の記事を参照したのかしらん、こんな一問一答（11月13日〈月〉の項）が。

「自称〝モテない男〟の司馬さんの、女性に関する発言。

――女性についての好み――

「このトシになって、いまさらメンクいじゃないから、造型的なものには、ひかれないな」

――女性を描く意思――

「ぼくの腕では、女の子は書けない。メンドくさくなる。男だから、女の子はスキだが、女の気持をグチャグチャ書けないですよ。十行と進まないでしょ。女を書ける人は、オバケだな」

――女性への潜在意識――

「心の底にね、女房なんか笑うんだけど、女の子というのは、〝チョコレートかシュークリームを食って生きている〟とか〝富士山の万年雪を食っている〟とかいうような感じがあるんだ」

――女については〝書生〟――

「ある人にそういわれたが、どうも一生〝書生〟だろうな。ぼくは諦めています。これ、ぬぐい去りがたい劣等感だなァ」

――ぼくはフェミニスト――

「女はカネしだい……という言葉、だいきらいだ。いろいろみてると、モテるやつほど、女の味方じゃないような気がする。そんな点で、ほくはものすごいフェミニストだと思う」」（傍点は原文のまま）

女性に捧げる寸言は、ほかに「太陽　特集・日本のおんな」（昭和40年1月号）のアンケート「好きな女性　美しい女性」への回答、「文藝春秋　漫画讀本・特集　マジメに女を研究しよう」（昭和44年3月号）所収「女とは何であるか」が眼につく程度である。

しかし、降参とみせかけて、うれしはずかしの入り交り、司馬遼太郎は作中女性にも会釈じゅうぶん、は疑うべくもない。

（十二）『坂の上の雲』『空海の風景』のころ

昭和35年1月21日夜、東京築地の料亭新喜楽で開かれた第42回（昭和34年下半期）直木三十五賞選考委員会の席上、吉川英治（1892～1962）が、受賞作となる司馬遼太郎『梟の城』（昭和34年9月20日・講談社）に、「どうも生まえだなあ。引例が学者じみているし、ロマンならロマンにするで徹底すればよかった」（「風変りな受賞者―直木賞作家戸板と司馬の誕生」〈「週刊文春」昭和35年2月1日〉。戸坂康二「團十郎切腹事件」その他、と同時受賞）と疑問を呈する。これに賛意を表明する委員がいるなかで、海音寺潮五郎（1901～77）が「そうですかなあ。わたしは吉川先生の若いころの作品を読んだときのような、ふとした安心というか、一読清々しい気持にさせられましたよ」（同前）と発言し、吉川英治苦笑の一コマがあり、ながく語り草となっている。

「スケールの大きさ」と題する「選評」（「オール讀物」昭和35年4月特大号）では、吉川英治は右の読後感を維持しながらも、大器に期待をこめるのを忘れない。

「（前略）私は読みながらこの才筆と浪曼のゆたかな作家にもっと求めたい工夫を随所に感じずにいられなかった。（中略）しかしそれらは、私の望蜀というもので、おそらく司馬氏が気づいていないことではあるまい。そしてこのスケールの大きな作家は今後かならず衆望にこたえて新しい領野をみせてくるに違いない。（後略）」

司馬遼太郎が吉川英治に逢ったのは、昭和35年2月2日、東京丸の内の東京會舘での直木賞贈呈式の折、1回きりだが、昭和37年9月7日朝の訃報に接して記した追悼文「不世出の創造力」（「産経新聞」大阪版昭和37年9月7日付夕刊）において、式当日、仕事の進め方に関する温情あふれる助言を賜って恐縮したと回想しており、畏敬の念すこぶるあつかったことが知れて、粛然たる想いがこみあげてくる。

この惜別の辞とすこし重複するものの、これに先立って起筆したと推定され、吉川文学の本質により鋭くきりこむ、注目すべき文章なのに、埋もれたままになっているのが、「絢爛たるロマン」（吉川英治『鳴門秘帖　全挿絵入愛読愛蔵版』下巻〈昭和37年9月20日・中央公論社。挿画者・岩田専太郎〉付録）である。

「作家や評論家たちからよくきくことだが、吉川さんの小説のなかでは、「宮本武蔵」や

「新・平家物語」よりも、「鳴門秘帖」のほうがはるかにおもしろいという。

私などは、吉川さんより一世代も弱輩だから、ロマンを欲する年頃にはすでに「鳴門秘帖」は遠い昔の小説になっていて、読む機会がなかった。〈注・「大阪毎日新聞」夕刊大正15年8月11日~昭和2年10月14日連載〉（中略）

学生時代のある夏、休暇中の計画としてばかばかしい計画をたてた。そのころ上海の出版社から出ていた和綴の「水滸伝」を全巻買いこみ、白文で読んでみようと決心したのである。しかし、読みはじめると俗語がふんだんに出ていて、私のとぼしいシナ語の力や漢文の読解力ではとうてい訓みのくだるものではなかった。ついに音をあげ、古本屋に売ってしまって、かわりに何冊かの小説本を買った。そのなかに「鳴門秘帖」が入っていた。私ははじめて、この世評高い小説を読んだ。じつにおもしろかった。日が暮れてやがて活字がみえなくなってから電灯をつけていないのに気づいた記憶がある。

巻《かん》をおくあたわず、というほど面白かった伝奇小説は、このほかに私の経験では、レマルクの「凱旋門」とミッチェルの「風と共に去りぬ」があるばかりである。（中略）

「鳴門秘帖」の文化史的意義は、それが大正、昭和が生んだ最大の伝奇小説であり、その後の大衆小説のあらゆる要素が、すでにこの一編のなかにすべてふくまれていることである。いわばその後の大衆小説のある流れは、この小説から出発し、しかもそれにおよぶ作品がすくない。

この作品は、吉川英治氏の伝奇的才能をいかんなく開花させたものだが、それがその後の「新書太閤記」「源頼朝」「高山右近」「新・平家物語」「私本太平記」などのこの人の歴史小説に濃厚に影響している。

歴史というものはそれそのものが伝奇だが歴史を伝奇的興味で見るみかたは、こんにちだけではなく明治以前から学者の世界では拒否されている。戦前の水戸学派的歴史教育も戦後の歴史的教育も、歴史というものがいかにおもしろくないものであるかという概念を生徒に植えつけることだけにおわっている。

しかし、教室のそとでは、吉川氏の歴史小説が生徒を待っていた。（中略）昭和のはじめからこんにちにいたるまでの時代に、もし日本の大衆が吉川英治という作家をもたなかったならば、おそらくよほど荒涼としたものであったにちがいない。

しかし吉川氏の歴史小説は、「鳴門秘帖」というような壮大で絢爛たるロマンを生むほどの空想力があってこそうまれたものである。吉川氏は、その卓絶した伝奇的才能をもって、日本歴史のロマンを書きなおした。（後略）」

吉川英治頌を司馬遼太郎の意図せざる自画像と読みかえ、時代と文脈を微調整し、初期から中期にかけての司馬短篇とのちの長篇との関係になぞらえたりするのは、やぼなこじつけというものであろうか。

そんな浅知恵にうつつをぬかしていると、司馬遼太郎特有の賢者の韜晦《とうかい》、抑制の美学にまたしてもふりまわされかねないので、しゃくの種だが、おとなしく退散することとしよう。

司馬さんの風景

「週刊　司馬遼太郎　街道をゆく」（全50冊。朝日新聞社）所収、補正した箇所がある。

『街道をゆく』の旅立ちまで

『芸備の道』のなかに、「古墳時代、備後や安芸は海岸や島々をのぞくほか、北方の出雲勢力圏に属したのではないか」という問いかけと、これに似た文章が何度か登場する。『砂鉄のみち』に連なる、司馬遼太郎「日本の故郷」に想像をめぐらすの記といってよく、この主題は『街道をゆく』の基調をなしてながく持続する。

広島県北部の三次《みよし》の地名についてのこだわりがそれを鋭敏に物語るが、この種のたずね歩きには年季が入っていることを指摘しておきたい。

その皮切は、題して「生きている出雲王朝」（「中央公論」昭和36年3月号）。数日間の滞在での見聞をもとに、出雲地方への切実な関心をきめ細かく綴った力篇である。400字詰原稿用紙で1回平均15枚前後の『街道をゆく』の倍以上にあたる32枚余りのこの作品こそ、『街道をゆく』の起源に位置し、これで独自の精妙な地歴譜をつむぎだす骨法の地ならしを終えたにちがいない。

以後、父祖の地播州に近い民藝のまち「倉敷――新日本名所案内25」(「週刊朝日」昭和39年10月16日号)の2泊3日の旅、マイカーブームさめやらぬ折から、薩摩から函館まで乗用車の広告頁につきあった「維新こぼれ話」(「週刊文春」昭和40年4月~41年3月、毎月1回連載)を巧みにはさんで、第30回文藝春秋読者賞をうけた「歴史を紀行する」(「文藝春秋」昭和43年1月~12月連載)で予行演習は総仕上げに到る。

『街道をゆく』の連載開始時(「週刊朝日」昭和46年1月1日号)、それは無造作な船出にみえて、実は準備万端、おしまいまで船足はほぼ順調で、乱れることはなかった。

『芸備の道』は、須田剋太画伯の「三次は、どこということなしに、いい処ですね」という司馬遼太郎好みのつぶやきで幕を閉じるが、『街道をゆく』には、地味ながらこのような佳き心映えにみちた筆暦《ふでごよみ》がすくなくない。


(30号・芸備の道・平成17年8月21日)

三島由紀夫との淡い交流

『横浜散歩』の「海と煉瓦」の冒頭で、司馬遼太郎が、三島由紀夫の書下し長篇『午後の曳航』（昭和38年9月10日・講談社）を三島の最高傑作と評した一節は、『街道をゆく』で三島の人と作品に言及した唯一の例である（『韓のくに紀行』にもう1箇所だけ三島の素描がある）。司馬が学年で一つ上、両者は同世代だが、どんな往還があったのか。

初顔合せは、大宅壮一との座談会「敗者復活五輪大会」（「中央公論」昭和39年12月号）。東京五輪で高揚したナショナリズムの明暗を論じて、すでに対談経験もある大阪出身の大宅への気安さゆえか、司馬の雄弁が眼につく。

「明治百年記念懸賞脚本」（毎日新聞社主催・松竹株式会社後援）の審査員（ほかに大佛次郎、川口松太郎、北條秀司、大谷竹次郎）として選考の場で対席した記録も遺る（「毎日新聞」昭和43年6月22日付朝刊）。

「70年代の百人――世なおし」(「朝日新聞」昭和45年9月22日付朝刊)で、森本哲郎のインタビューに応じた際、三島の司馬への寸評は、「人物描写うまいと思うけどあのヒトの史観が好きじゃない。ボク坂本竜馬って好きじゃないんですよ」。この記事を忘れずにいた司馬は、「全集50」(昭和59年9月25日・文藝春秋)月報所収、巻末解説者の谷沢永一との対談のなかで、「あのひとは私の思想がきらいだったようで、あるところで、「司馬さんの書く人物はおもしろいが、あの人の歴史の見方はきらいだ」という意味のことを」述べたと、話題からそれるのに、あえて付言している。

「三島事件」(昭和45年11月25日)当日は、「産経新聞」大阪版夕刊に「冷静でありたい」との談話、翌日は、「朝日新聞」朝刊に「作家らはこう思う」の小見出しにつづいて、やや長めの感想を述べ、同じ朝の「毎日新聞」1面には情理をつくした一文を寄稿(大阪版「観念的な〝文学死〟―人々は健康に反応した」、東京版「異常な三島事件に接して―文学論的なその死」と、表題が異なる)。後段において、三島の「狂気」を理解するうえで「かの名作(まことに名作)「午後の曳航」」に着目すべき点を強調し、これが昭和57年秋の『横浜散歩』での再執筆につながる。ふたりに直接まつわる筆録は、以上がすべてのはずである。

(36号・横浜散歩・平成17年10月2日)

明石海峡往来に胸躍らせる

昭和49年秋の取材とおぼしき『明石海峡と淡路みち』の書出しで、司馬遼太郎は、「明石海峡の場合、須磨や舞子の松林ごしにながめてもよく、また明石の宿の浜側の障子をあけてながめてもいい。目の前の淡路島の北端が単純な山のかたちをなしてせまっている。」とほめながら、「しかし私はこのわずか四キロしかない海峡を渉《わた》ったことがない。」と記している。

そこでいざ足を運んでみると、この司馬流〝近くへ行きたい〟がお気に召したらしく、こんな色艶たっぷりの叙述にでくわすと、むべなるかなとうなずくほかない。

「西のほうが赤かった。小豆島の方角だった。雲が茜《あかね》に染まり、陽が落ちようとしている。私は神戸の一ノ谷の上から西海の落日を見るのが好きで、見るたびにこの光景から中世のひとびとが西方浄土を想像したことがわかるような気がするのだが、いま明石海峡の波の上からそれを見ると、波の黒ずみの上にひろがる茜色というのは、一ノ谷などより一層あでやかであることがわかった。」

その余韻が、「この風景58 明石海峡夕景」（「産経新聞」大阪版昭和54年7月5日付夕刊）の談話となって、たのしげに復活する。

「明石海峡いうのは、数ある海峡の中でも特別の意味を持ってたんやな。大宮人も、あそこまでは、割り合い気軽に出かけて行きよった。いったん、海峡を過ぎれば、いつ何が起こるかも知れん、おぞましき世界が向こうにある。（中略）都《みやこ》と鄙《ひな》をわける尾根は、おそらく明治維新のときにもあそこにあった。歴史の上でも大事な海峡なんやな」

「菜の花の沖」（「産経新聞」朝刊昭和54年4月1日〜57年1月31日）が佳境に入り始めたころの問わず語りだけに、見すごせない。

「景色も、行きかう船の眺めもすばらしい。それを勘定に入れると日本で一番安い乗り物やろな」と淡路島行きは播淡《ばんたん》汽船に乗るに限るときめていた司馬遼太郎は、むろん明石海峡大橋開通（平成10年4月5日）を知らない。

（41号・阿波紀行／明石海峡と淡路みち・平成17年11月6日）

『韃靼疾風録』のための助走路

昭和52年3月なかばに歩いた『肥前の諸街道』は、「十六世紀から翌世紀にかけて、大航海時代が肥前の岸を洗った痕跡をながめてみたい」というのが旅の目的であった。

わけても、蘭館遺跡以外に往昔の物はほとんどないといってよい平戸は、「ひらきなおっていえば、最大の遺物として、平戸という地名と、平戸島という地理的存在がある。」と尋常ならざる愛惜の念を注ぐ。いやがうえにも、司馬遼太郎最後の長篇小説『韃靼疾風録』(「中央公論」昭和59年1月〜62年8月連載。上下2巻、昭和62年10月20日・11月20日、中央公論社)を想起せずにはいられない。

「「韃靼疾風録」の出発——平戸島を歩く司馬遼太郎氏」(「中央公論」昭和58年12月号、巻頭グラビア3ページ)は、この作品の序曲をかなでつつ、『肥前の諸街道』取材時の旅情をも偲ばせてやまない。

「著者登場」(「日刊工業新聞」昭和63年1月5日付朝刊)は、「十七世紀の歴史が裂けてゆく時期にいた」平戸藩青年武士の桂庄助と女真《ヌーチェン》の公女《ひめ》アビアの恋とさすらいを描いて気宇壮大な物語をめぐるロングインタビューを特集する。以下、著者の肉声の勘所のみを。

構想は学生時代からあり、50年の夢が叶えられた感じ。明を倒し清を興したマンジュ民族に興味をもったのが発酵のもと。平戸島は面白いところで、スペイン、オランダがきても最後まで私貿易に固執した。小さな島1つが藩の平戸には明人の貿易商館があったから、貿易動向や大陸情勢の調査命令が下ってもおかしくない。これがフィクションのタネ。

「大佛次郎賞——人と作品」(「朝日新聞」昭和63年10月4日付朝刊)は、第15回受賞者の談話を載せる。『韃靼疾風録』の主題は「文明」と「野蛮」、ときっぱり。「女真貴族のバートラというのは、外語時代のモンゴル人の先生の名前なのですよ」と打明け話も披露している。

邪念なく書きたいことを書きたいように書き、自ら潮時を見極めた潔さは申し分ない。

(47号・肥前の諸街道・平成17年12月18日)

碩学の学風讃歌

『街道をゆく』が始まってほぼ16年、昭和61年9月末から翌年立春過ぎまで誌面を飾った『秋田県散歩』の筆致は円熟の冴えを見せ、濃密な余香はいまも消えない。

菅江真澄、狩野亨吉とご当地ゆかりの人びとの追懐談をちりばめたのち、秋田県鹿角の先覚で、物学びの作法のあるべき姿ここに極まれり、というほかない内藤湖南（本名虎次郎。1866～1934）の人と学風周遊でしめくくるのだから、たまらない。

最初のほうに人物素描のお手本がある。

「明治の新聞論説筆者。四十二歳、明治四十年、狩野亨吉にまねかれ、初期京都帝大教授（最初は講師）。

学歴は秋田師範学校卒だけである。

湖南は、明治末年、在来の漢学を一変させて、人文科学的なシナ学に仕立てた唯一ともいうべき先唱者で、学問の底辺がひろく、つねに新鮮な仮説をもち、かつ堅牢に実証した。」「あかるい人柄で、文章も明晰そのものだった。」「湖南は世界の古今をおおう感覚をもっていた。しかも資料の選択にはじつに厳密だった。その透きとおった合理主義と、鍵盤の多いピアノのような知的感受性は絶えまなく卓越した〝勘〟をうみだした。

湖南の雑談はたとえ五、六分でも宝石のような創見にみちていたといわれる。」というおしまい近くの一節には、感興をそそること著しいものがある。面映げに固辞するに決まっているけれど、夫子《ふうし》自身にも捧げずにいられないではないか。

連載終了後の昭和62年5月中旬、司馬遼太郎との歓談の一夜にめぐまれた際、『秋田県散歩』の真打はやはり「どの文章を読んでも、独学者にありがちなあくがない」（傍点は原文のまま）湖南先生でしたねと賛意を伝えると、破顔一笑を得た。そこで調子にのり、内藤湖南先生顕彰会の機関誌「湖南」（昭和56年3月15日創刊。平成17年3月31日で通巻25号）の発刊時からの定期購読者だと告げたときの、うらやましそうな表情といったらなかった。

（48号・秋田県散歩・平成17年12月25日）

司馬遼太郎

『大阪近代文学事典』（平成17年5月20日・和泉書院）所収、増補改訂を施した。

司馬遼太郎　しば・りょうたろう

大正12年8月7日〜平成8年2月12日（1923〜96）。小説家。大阪市南区西神田町879に父福田是定《しじょう》・母直枝の次男として生れる。命名・定一。昭和5年4月、大阪市立難波《なんば》塩草《しおくさ》尋常小学校入学。11年4月、私立上宮中学校入学。16年3月、同中学校卒業。17年4月7日、天王寺区上本町8丁目の国立大阪外国語学校蒙古語部入学。18年11月22日、同校を仮卒業、12年1月、臨時徴兵検査により兵庫県加古川市青野ヶ原の戦車第19連隊に入営。19年4月、満洲の陸軍四平《しへい》戦車学校に入学。9月22日、大阪外事専門学校（3月に校名改称）蒙古科卒業。12月、四平戦車学校卒業、見習士官として旧牡丹江省石頭《せきとう》の戦車第1連隊に配属。20年5月、群馬県相馬ケ原から栃木県佐野市に移駐、ここで敗戦の報に接する。12月、大阪の新世界新聞で記者生活に入る。21年6月、京都の新日本新聞入社。23年6月、産業経済新聞入社。京都支局で大学と宗教を担当。28年5月、大阪本社文化部勤務、文学と美術を担当。30年6月ごろから、「司馬遷ヨリモ遼《はる》カニトオシ」としゃれて「司馬遼太郎」の筆名を使用。9月25日、最初の著作『名言随筆サラリーマン』（六月社）を本名で出版。31年2月、文化部次長。5月、「ペルシャの幻術師」で第8回講談倶楽部賞。この年2月、寺内大吉らと文藝雑誌「近代説話」（昭和32年5月31日〜38年5月10日、全11集）

刊行会結成、大阪市北区梅田のサンケイホールで初会合。33年7月1日、第1作品集『白い歓喜天』(凡凡社)刊行。34年1月、産経新聞(前年7月に改題)文化部記者松見みどりと結婚。12月、八尾市内の両親宅から大阪市西区西長堀南5丁目のマンモスアパート10階20号室に転居。35年1月、文化部長。同月21日夜、『梟の城』(昭和34年9月20日・講談社)で第42回直木三十五賞受賞決定(戸板康二と同時受賞)。36年3月、出版局次長をもって産経新聞退社。39年3月、布施市(現・東大阪市)中小阪173ノ12に転居。41年10月21日、『竜馬がゆく』『国盗り物語』で第14回菊池寛賞。42年10月、大阪藝術賞。43年1月、『殉死』で第9回毎日藝術賞。44年2月、「歴史を紀行する」(「文藝春秋」昭和43年1月〜12月)で第30回文藝春秋読者賞。46年1月、「街道をゆく」が「週刊朝日」で連載開始(昭和46年1月1日〜平成8年3月15日、1147回。未完)。9月30日、『司馬遼太郎全集』(第1期)全32巻刊行開始(昭和49年4月30日完結。文藝春秋)。47年3月、『世に棲む日日』で第6回吉川英治文学賞。51年4月、『空海の風景』で昭和50年度日本藝術院恩賜賞。54年8月、東大阪市下小阪3丁目11番18号に転居。56年12月、日本藝術院会員。57年2月、『ひとびとの跫音』で第33回読売文学賞(小説賞)。同年4月2日〜11日、司馬遼太郎原作「八十《やそ》島《しま》なるなる」(第10回大阪おどり、脚本・演出西川右近、出演浪速四花街藝妓)が中座で公演。

11月、山片蟠桃賞（海外のすぐれた日本研究者を大阪府が顕彰する国際文化賞）の命名、創設に貢献し、審査委員に就任。58年1月、「歴史小説の革新」により昭和57年度朝日賞。4月15日、『司馬遼太郎全集』（第2期）全18巻刊行開始（昭和59年9月25日完結）。5月26日、（財）上方文化藝能協会設立、理事に就任。59年6月、『街道をゆく（二十二）南蛮のみちⅠ』で第16回新潮日本文学大賞（学芸部門賞）。61年3月1日、「この国のかたち」が「文藝春秋」で連載開始（昭和61年3月〜平成8年4月、121回。未完）。同月、シルクロードの企画などで第37回NHK放送文化賞。9月20日、（財）大阪国際児童文学館理事長に就任（平成2年6月29日まで2期）。62年2月、『ロシアについて』で第38回読売文学賞（随筆・紀行賞）。63年7月、『坂の上の雲』ほかで第14回明治村賞。10月、『韃靼疾風録』で第15回大佛次郎賞。平成3年11月、文化功労者。5年11月、文化勲章。8年2月12日午後8時50分、腹部大動脈瘤破裂のため、国立大阪病院にて死去。3月10日、大阪ロイヤルホテルにて「司馬遼太郎さんを送る会」開催（参列者約3300名）。11月1日、（財）司馬遼太郎記念財団発足（理事長・福田みどり）。10年10月10日、『司馬遼太郎全集』（第3期）全18巻刊行開始（平成12年3月10日完結。通巻68冊）。13年11月1日、東大阪市の自宅と隣接地とに司馬遼太郎記念館開設。

＊大坂侍《おおさかざむらい》　作品集。〔初収〕昭和34年12月25日・東方社。◇大阪人への愛憎を軽やかなおかしみでくるんだ「小説の大阪仁輪加」（著者あとがき）が6篇。同種の初期作品は『最後の伊賀者』（昭和35年11月25日・文藝春秋新社）にも3篇。この時期、時代物、現代物を問わず、単行本未収録のなにわ語りの好短篇がすくなくない。

＊上方武士道《ぜえろくぶしどう》　長篇小説。〔初収〕昭和35年11月25日・中央公論社。◇「幕末、公家の身でありながら大坂の職人長屋で育ち、しかも剣は大坂剣法ながらも、小田無応流の免許を得ていたという少将高野則道の痛快な青春行状記」（「花咲ける上方武士道《かみがたぶしどう》」作者の言葉。「週刊コウロン」昭和34年12月29日、連載予告欄〈昭和35年1月5日・12日～35年8月2日、30回〉。連載2回目から「上方《ぜえろく》武士道」と改題）。

＊魔女の時間《まじょのじかん》　長篇小説。〔初出〕「主婦の友」昭和36年12月～37年11月、12回。◇「機智縦横の構成で、読者を最後まであきさせない、俊鋭作家の現代小説！思いもかけない五千万円の大金がころがりこんだBG佐々篤子がたどる奇想天外な運命の迷路…。そしてそこにむらがる男たちのあくなき野望をえがく異色の長編。 1月末刊 四六判 予価三〇〇円」（「中央公論」「婦人公論」昭和38年2月、出版案内）。現代の大阪を清新に描いたこの読切連載小説は未刊。

＊大阪物語《おおさかものがたり》　長篇小説。〔初出〕「婦人生活」昭和38年10月～39年9月、12回。◇「私は、大阪に住んでいる。作家として不便なことも多いが、おそらく一生住みつづけるだろう。この土地の人情が好きだからである。この物語は、いわば私個人のまわりの大阪人情物語だと解してくださっていい。あかるくて陽気な、舌鼓をうちながら生きているような、人間ばなしを書きます」（「大阪物語」作者の言葉。「婦人生活」昭和38年9月、連載予告欄。未刊）。

＊俄―浪華遊侠伝―《にわかーなにわゆうきょうでんー》　長篇小説。〔初収〕昭和41年7月20日・講談社。◇「わいは、命なんか惜しくない！少年時代から天性のくそ度胸と不敵な才智で、賭場を荒らし、米相場を操る悪徳商人をぶちのめす！殴られ蹴られ残虐な拷問にあってもへこたれぬ強靭な意志！頼まれれば、なんでも引き受ける奇妙な善人。舞台は砲煙渦まく幕末動乱期―権力に屈せず、庶民のために命をはる〝浪華の英雄〟明石屋万吉の凄絶な生涯を描く長編傑作」（「小説現代」昭和41年10月、出版案内、〔初出〕「報知新聞」昭和40年5月15日～41年4月15日、334回）。

＊司馬遼太郎が考えたこと《しばりょうたろうがかんがえたこと》　エッセイ1953～1996　全15巻。平成13年9月25日～14年12月15日・新潮社。平成17年1月1日～18年2月1日・新潮文庫全15巻。◇全1080篇中、680篇が単行本未収録。本集にもれた大阪ゆかりの逸文も含め、随所に登場する大阪の人と風土をめぐる文章を読むと、司馬遼太郎独自の大阪愛着筆暦《ふでごよみ》が見てとれるはずである。

＊司馬遼太郎《しばりょうたろう》短篇全集《たんぺんぜんしゅう》　全12巻。平成17年4月12日～18年3月12日・文藝春秋。

直木賞受賞前後に到る時期に執筆、なにわの世態人情を活写した初期短篇の内、本全集第1巻～第3巻で初めて味読可能となった作品が10篇ばかりある。

あとがき

本書は、この十年余りの間に、多年関心を寄せている司馬遼太郎さんの人と仕事についいて書きついだ拙稿を収めて一冊にまとめたものです。

古書店の店頭や古書目録で掘出したり、手許に保存してあったのにうかつにもあと知恵で再発見したり、あちこちの図書館等が所蔵する各種文献やマイクロフィルムで新たに探りあてたりした、司馬さんの埋もれたままになりがちであった作品を読むたびに、たとえ小文であっても、筆勢にたるみがなく、中身が濃い文章に出くわすのが通例でした。

興趣に富むこぼれ話のたぐいを交え、それやこれやの援用を試みながらも、元より諸事非力ゆえ、ふつつかでささやかな成果しか公にできず、身のおきどころに窮しますが、ご笑覧いただくとありがたくうれしく存じます。

書くこと大好き人間ここにあり、と申すほかない司馬さんの逸文を中心に、めぼしい資料を博捜精査するにあたって、たえず心がけたのは、万事、正攻法で遂行することでした。

昔も今も、運と勘だけをたよりに、節度を守り、誠意を貫き、司馬遼太郎さんから賜ったあまたの恩義に報いるのをおのれの責務とする、私一個の書誌探索の作法を堅持したにすぎませんが、正正堂堂以外に気持のよい筆法などありえないと信じて、精進を重ねてきたつもりです。

柄が大きく、懐が深く、奥行が豊かな、司馬さんの文業の全貌をとらえるのは容易ではありません。実際、この文人に関する読みごたえのある珍資料、稀少文献はまだどこかに隠れているような気がしてならず、逸文発掘打どめにふんぎりをつけきれない往生際のわるいわが身に照すとき、用意周到な司馬遼太郎筆暦をこしらえるまで前途遼遠といわざるをえませんが、本書の発刊がひとつのたしかな跳躍台になってくれればと念じるばかりであります。

なお、話題や文脈が異なるかたちなので、ご理解いただけると存じますが、同じ司馬作品が複数回登場する場合があります。手を抜いたわけではありませんので、ご賢察のうえ、ご海容願います。

私のあぶなっかしくておぼつかない足どりに多少なりとも意義を認め、発表の場を提供してくださった方がたに心からのお礼のことばを捧げなくてはなりません。

司馬遼太郎さんゆかりの産経新聞大阪版に九カ月もの間、「司馬さん、みつけました。」を連載するにあたり、終始伴走していただき、励ましの声を惜しまれなかった、編集局編集長の安東義隆さん、お世話になりっぱなしでした。

『発掘　司馬遼太郎』上梓をご担当願い、『司馬遼太郎短篇全集』巻末書誌作製への私の起用とあわせて、「司馬遼太郎短篇筆暦《ふでごよみ》」連載でもご高配にあずかった、文藝春秋の編集者であった西山嘉樹さん、数かずのお力添えにたいする深謝の念はとこしえに。

「司馬さんの風景」執筆にお声がけしてくださった、朝日新聞社週刊百科編集部のみなさんのご親切も記憶から去りません。

気心の知れた畏友、森本良成さんは、『人恋しくて本好きに』のときと同様、またしてもすてきな装訂で華をそえてくださいました。とてもよろこんでいます。

司馬遼太郎さんをめぐる書物を大阪の出版社から刊行できたらと夢想して久しいものがあります。ほかならぬ司馬さんの若き日の学び舎、上宮学園とかつての大阪外国語学校のご近所で篤実な出版経営にいそしむ和泉書院さんの過分のご芳情により、ようやく宿願達成の機会が訪れ、こんな心躍り、めったにあるものではありません。

ファックス以外は電子メディアを使わず、えっちらおっちら、古めかしい手作業一点張、悠長な仕事ぶりを慈愛にみちた温顔で待ちつづけてくださった、社長の廣橋研三さん、ほんとうにありがとうございました。

平成三十年三月三日　上巳の節句

山野博史

著者紹介

山野《やまの》 博史《ひろし》

昭和21年和歌山市生れ。京都大学法学部卒業。同大学院法学研究科博士課程所定単位修得後退学。関西大学法学部専任講師、助教授、教授を経て、現在、名誉教授。
専攻は日本政治史、書誌学。
著書に『発掘 司馬遼太郎』(文藝春秋)『本は異なもの味なもの』(潮出版社)『人恋しくて本好きに』(五月書房)『司馬遼太郎の跫音《あしおと》』(共著 中公文庫)開高健『ポ・ト・フをもう一度』(編著 KKロングセラーズ)などがある。

司馬さん、みつけました。

2018年4月24日　初版第一刷発行

著　者　山野博史

発行者　廣橋研三

発行所　和泉書院

〒543-0002　大阪市天王寺区上之宮町7-6
電話06-6771-1467／振替00970-8-15043
印刷・製本　亜細亜印刷

ISBN978-4-7576-0874-0　C1395　定価はカバーに表示